Die Perversen Schwestern

Die Perversen Schwestern

Aldivan Torres

CONTENTS

1 Tour in der Stadt Pesqueira   1

Tour in der Stadt Pesqueira

Die Perversen Schwestern
Aldivan Torres

Die Perversen Schwestern

Von: *Aldivan Torres*
2020- Aldivan Torres
Alle Rechte vorbehalten
Reihe: Die perversen Schwestern

Dieses Buch, einschließlich aller seiner Teile, ist urheberrechtlich geschützt und kann nicht ohne Zustimmung des Autors reproduziert, weiterverkauft oder übertragen werden.

Aldivan Torres, geboren in Brasilien, ist Literaturkünstlerin. Verspricht mit seinen Schriften, die Öffentlichkeit zu erfreuen und führen ihn zu den Freuden des Vergnügens. Schließlich ist Sex eines der besten Dinge, die es gibt.

Engagement und Dank

Ich widme diese erotische Serie allen Liebhaber und Perversen wie mir. Ich hoffe, die Erwartungen aller Geisteskranken zu erfüllen. Ich beginne diese Arbeit hier mit der Überzeugung, dass Amelinha, Belinha und ihre Freunde Geschichte schreiben werden. Ohne weitere Umschweife, eine warme Umarmung an meine Leser.

Gute Lektüre und viel Spaß.

Mit Zuneigung, der Autor.

Präsentation

Amelinha und Belinha sind zwei Schwestern, die im Inneren von Pernambuco geboren und aufgewachsen sind. Die Töchter bäuerlicher Väter wussten schon früh, wie sie mit einem Lächeln auf dem Gesicht den heftigen Schwierigkeiten des Landlebens begegnen konnten. Damit erreichten sie ihre persönlichen Eroberungen. Die erste ist ein öffentlicher Finanzprüfer und die andere, weniger intelligent, ist ein kommunaler Lehrer der Grundbildung in Arcoverde.

Obwohl sie beruflich glücklich sind, haben die beiden ein ernstes chronisches Beziehungsproblem, weil sie ihren Prinzen nie charmant fanden, was der Traum jeder Frau ist. Der Älteste, Belinha, lebte eine Weile bei einem Mann. Jedoch wurde es verraten, was in seinem kleinen Herzen irreparable Traumata erzeugte. Sie musste sich trennen und versprach sich, nie wieder wegen eines Mannes zu leiden. Amelinha, das arme Ding, sie kann sich nicht mal verloben. Wer will Amelinha heiraten? Sie ist eine freche Brünette, dünn, mittelgroß, honig-

farbene Augen, mittlerer Hintern, Brüste wie Wassermelone, Brust jenseits eines fesselnden Lächelns definiert. Niemand weiß, was ihr wirkliches Problem ist, oder vielmehr beides.

In Bezug auf ihre zwischenmenschliche Beziehung stehen sie dem Teilen von Geheimnissen sehr nahe. Da Belinha von einem Schurken verraten wurde, nahm Amelinha den Schmerz ihrer Schwester auf sich und machte sich auch auf, mit Männern zu spielen. Die beiden wurden ein dynamisches Duo bekannt als die " Böse Schwestern ". Trotzdem lieben es Männer, ihre Spielzeuge zu sein. Denn es gibt nichts Besseres, als Belinha und Amelinha auch nur für einen Moment zu lieben. Sollen wir ihre Geschichten zusammen kennenlernen?

Die Perversen Schwestern
Die Perversen Schwestern
Engagement und Dank
Präsentation
Der schwarze Mann
Das Feuer
Ärztliche Beratung
Privatunterricht
Wettbewerbstest
Die Rückkehr des Lehrers
Der manische Clown
Tour in der Stadt Pesqueira

Der schwarze Mann

Amelinha und Belinha sowie große Profis und Liebhaber, sind schöne und reiche Frauen in sozialen Netzwerken integriert. Neben dem Sex selbst, versuchen sie auch, Freunde zu finden.

Einmal kam ein Mann in den virtuellen Chat. Sein Spitzname war "Schwarzer Mann". In diesem Moment zitterte sie bald, weil sie schwarze Männer liebte. Der Legende nach haben sie einen unbestrittenen Charme.

" Hallo, schön! " Du hast den gesegneten schwarzen Mann gerufen.

" Hallo, in Ordnung? " Antwortete der faszinierende Belinha.

" Alles super. Einen schönen Abend noch!

" Gute Nacht. Ich liebe schwarze Menschen!

" Das hat mich jetzt tief berührt! Aber gibt es dafür einen besonderen Grund? Wie ist Ihr Name?

" Nun, der Grund ist, dass meine Schwester und ich Männer mögen, wenn Sie wissen, was ich meine. Was den Namen angeht, obwohl dies ein sehr privates Umfeld ist, habe ich nichts zu verbergen. Mein Name ist Belinha. Freut mich, Sie kennenzulernen.

" Das Vergnügen ist ganz meinerseits. Mein Name ist Flavius, und ich bin ein sehr netter!

" Ich fühlte Festigkeit in seinen Worten. Du meinst, meine Intuition stimmt?

" Ich kann das jetzt nicht beantworten, denn das würde das ganze Rätsel beenden. Wie heißt deine Schwester?

" Ihr Name ist Amelinha.

" Amelinha! Schöner Name! Können Sie sich körperlich beschreiben?

" Ich bin blond, groß, stark, lange Haare, großer Hintern, mittlere Brüste, und ich habe einen skulpturalen Körper. Und du?

" Schwarze Farbe, ein Meter und achtzig Zentimeter hoch, stark, gefleckt, Arme und Beine dick, ordentlich, versengt Haare und definierte Gesichter.

" Aua! Aua! Du machst mich an!

" Keine Sorge, wer mich kennt, vergisst nie.

" Willst du mich jetzt verrückt machen?

" Tut mir leid, Baby! Es ist nur, um unserem Gespräch etwas Charme zu verleihen.

" Wie alt bist du?

" 25 Jahre und Ihre?

" Ich bin achtunddreißig Jahre alt und meine Schwester vierunddreißig. Trotz des Altersunterschieds stehen wir uns sehr nahe. In der Kindheit vereinten wir uns, um Schwierigkeiten zu überwinden. Als Teenager teilten wir unsere Träume. Und jetzt, im Erwachsenenalter, teilen wir unsere Errungenschaften und Frustrationen. Ich kann nicht ohne sie leben.

" Großartig! Dein Gefühl ist sehr schön. Ich habe den Drang, Sie beide kennenzulernen. Ist sie so unartig wie du?

" Auf eine gute Art ist sie die Beste in dem, was sie tut. Sehr klug, schön und höflich. Mein Vorteil ist, ich bin klüger.

" Aber ich sehe darin kein Problem. Ich mag beide Dinge.

" Magst du es wirklich? Amelinha ist eine besondere Frau. Nicht, weil sie meine Schwester ist, sondern weil sie ein riesiges Herz hat. Sie tut mir leid, weil sie nie einen Bräutigam bekam. Ich weiß, ihr Traum ist es, zu heiraten. Sie schloss sich mir in einem Aufstand an, weil ich von meinem Gefährten verraten wurde. Seitdem suchen wir nur noch schnelle Beziehungen.

" Ich verstehe das total. Ich bin auch pervers. Ich habe jedoch keinen besonderen Grund. Ich will nur meine Jugend genießen. Ihr scheint großartige Menschen zu sein.

" Ich danke Ihnen vielmals. Bist du wirklich von Arcoverde?

" Ja, ich komme aus der Stadt. Und du?

" Aus dem Viertel Heiligen Christophorus.

" Großartig. Leben Sie allein hier?

" Ja. In der Nähe der Bushaltestelle.

" Kannst du heute einen Besuch von einem Mann bekommen?

" Das würden wir gerne, aber du musst dich um beides kümmern. Okay?

" Keine Sorge, meine Liebe. Ich komme mit bis zu drei klar.

" Ah, ja! Wahr!

" Können Sie mir den Ort erklären?

" Ja. Es wird mir ein Vergnügen sein.

" Ich weiß, wo es ist. Ich komme da rauf!

Der Schwarze verließ den Raum und auch Belinha. Sie nutzte es und zog in die Küche, wo sie ihre Schwester traf. Amelinha hat das schmutzige Geschirr zum Abendessen gewaschen.

" Dir eine gute Nacht, Amelinha. Du wirst es nicht glauben. Rate mal, wer vorbeikommt?

" Ich habe keine Ahnung, Schwester. Wer?

" Der Flavius. Ich traf ihn im virtuellen Chatroom. Er wird heute unsere Unterhaltung sein.

" Wie sieht er aus?

" Es ist Schwarzer Mann. Hast du jemals angehalten und gedacht, dass es schön sein könnte? Der arme Mann weiß nicht, wozu wir fähig sind!

" Das ist es wirklich, Schwester! Machen wir ihn fertig.

" Er wird fallen, mit mir! " Sagte Belinha.

" Nein! Es wird mit mir "Antwortete Amelinha.

" Eines ist sicher: Mit einem von uns wird er fallen "Belinha abgeschlossen.

" Es ist wahr! Wie wäre es, wenn wir alles im Schlafzimmer vorbereiten?

" Gute Idee. Ich helfe dir raus!

Die beiden unersättlichen Puppen gingen auf das Zimmer verlassen alles für die Ankunft des Männlichen organisiert. Sobald sie fertig sind, hören sie die Glocke läuten.

" Ist er es, Schwester? " Fragte Amelinha.

" Lasst es uns zusammen ausprobieren! " Er hat Belinha eingeladen.

" Komm schon! Amelinha hat zugestimmt.

Schritt für Schritt passierten die beiden Frauen die Schlafzimmertür, passierten das Esszimmer und kamen dann im Wohnzimmer an. Sie gingen zur Tür. Wenn sie ihn öffnen, begegnen sie Flavius' charmantem und männlichem Lächeln.

" Gute Nacht! Alles in Ordnung? Ich bin der Flavius.

" Gute Nacht. Sie sind herzlich willkommen. Ich bin Belinha, die am Computer mit dir geredet hat, und dieses süße Mädchen neben mir ist meine Schwester.

" Schön, dich kennenzulernen, Flavius! " sagte Amelinha.
" Nett, Sie kennen zu lernen. Kann ich reinkommen?
" Klar! " Die beiden Frauen antworteten gleichzeitig.
Der Hengst hatte Zugang zum Zimmer, indem er jedes Detail der Einrichtung beobachtete. Was ging in diesem brodelnden Geist vor sich? Er war besonders berührt von jedem dieser weiblichen Exemplare. Nach einem kurzen Moment blickte er tief in die Augen der beiden Huren und sagte:
" Bist du bereit für das, wofür ich gekommen bin?
" Wir sind bereit! " Sagte die Liebhaber!
Das Trio blieb stehen und ging einen langen Weg zum größeren Raum des Hauses. Durch das Schließen der Tür waren sie sicher, dass der Himmel in Sekunden in die Hölle kommen würde. Alles war perfekt: Die Anordnung der Handtücher, die Sex-Spielzeug, der Pornofilm auf der Decke Fernseher und die romantische Musik lebendig. Nichts konnte das Vergnügen eines großen Abends wegnehmen.
Der erste Schritt ist, neben dem Bett zu sitzen. Der schwarze Mann fing an, die Kleider der beiden Frauen auszuziehen. Ihre Lust und ihr Durst nach Sex waren so groß, dass sie ein wenig Angst in diesen süßen Damen verursachten. Er zog sein Hemd aus und zeigte den Thorax und den Bauch, die durch das tägliche Training im Fitnessstudio gut trainiert wurden. Ihre durchschnittlichen Haare überall in dieser Region haben Seufzer von den Mädchen gezogen. Danach zog er seine Hose aus, so dass der Blick auf seine Box Unterwäsche zeigt, folglich sein Volumen und Männlichkeit. Zu dieser Zeit erlaubte er ihnen, die Orgel zu berühren und sie aufrechter zu

machen. Ohne Geheimnisse warf er seine Unterwäsche weg und zeigte alles, was Gott ihm gab.

Er war zweiundzwanzig Zentimeter lang, vierzehn Zentimeter im Durchmesser genug, um sie verrückt zu machen. Ohne Zeit zu verschwenden, fielen sie auf ihn. Sie begannen mit dem Vorspiel. Während eine ihren Schwanz in den Mund schluckte, leckte die andere die Hodensäcke. Bei dieser Operation sind es drei Minuten. Lange genug, um bereit für Sex zu sein.

Dann begann er ohne Bevorzugung in das eine und dann in das andere einzudringen. Das häufige Tempo des Shuttles verursachte Stöhnen, Schreie und mehrfache Orgasmen nach dem Akt. Es waren 30 Minuten vaginaler Sex. Jeder die Hälfte der Zeit. Dann schlossen sie mit Oral" und Analsex ab.

Das Feuer

Es war eine kalte, dunkle und regnerische Nacht in der Hauptstadt aller Hinterwälder von Pernambuco. Es gab Momente, als der Frontwind 100 Kilometer pro Stunde erreichte und die armen Schwestern Amelinha und Belinha erschreckte. Die beiden perversen Schwestern trafen sich im Wohnzimmer ihrer einfachen Residenz im Viertel Heiligen Christophorus. Ohne etwas zu tun, sprachen sie glücklich über allgemeine Dinge.

" Amelinha, wie war dein Tag im Farm Büro?

" Die gleiche alte Sache: Ich organisierte die Steuerplanung der Zollverwaltung, verwaltet die Zahlung von Steuern, arbeitete in der Prävention und Bekämpfung der Steuerhinterziehung. Es ist harte Arbeit und langweilig. Aber lohnend und gut bezahlt. Und du? Wie war Ihre Routine in der Schule?" Fragte Amelinha.

" Im Unterricht habe ich die Inhalte bestanden, die die Schüler bestmöglich anleiten. Ich korrigierte die Fehler und nahm zwei Handys von Studenten, die die Klasse störten. Ich gab auch Klassen in Verhalten, Haltung, Dynamik und nützliche Ratschläge. Abgesehen davon, dass ich Lehrerin bin, bin ich ihre Mutter. Der Beweis dafür ist, dass ich in der Pause die Klasse der Schüler infiltriert und zusammen mit ihnen, schlagen und laufen. Meiner Ansicht nach ist die Schule unser zweites Zuhause, und wir müssen uns um die Freundschaften und menschlichen Verbindungen kümmern, die wir von ihr haben "Belinha antwortete.

" Brillant, meine kleine Schwester. Unsere Werke sind großartig, weil sie wichtige emotionale und Interaktion Konstruktionen zwischen Menschen bieten. Kein Mensch kann isoliert leben, geschweige denn ohne psychologische und finanzielle Mittel" analysiert Amelinha.

" Ich stimme zu. Die Arbeit ist für uns essenziell, da sie uns unabhängig macht vom vorherrschenden sexistischen Imperium in unserer Gesellschaft, sagte Belinha.

" Genau. Wir werden unsere Werte und Haltungen fortsetzen. Der Mensch ist nur gut im Bett" Amelinha beobachtet.

" Apropos Männer, was halten Sie von Christian? " fragte Belinha.

" Er hat meine Erwartungen erfüllt. Nach einer solchen Erfahrung verlangen meine Instinkte und mein Verstand immer mehr innere Unzufriedenheit. Was ist Ihre Meinung? " Fragte Amelinha.

" Es war gut, aber ich fühle mich auch wie du: unvollständig. Ich bin trocken von Liebe und Sex. Ich will mehr und mehr. Was haben wir für heute? " Sagte Belinha.

" Ich habe keine Ideen mehr. Die Nacht ist kalt, dunkel und dunkel. Hörst du den Lärm draußen? Es gibt viel Regen, starken Wind, Blitz und Donner. Ich habe Angst! " Sagte Amelinha.

" Ich auch! " Belinha gestand.

In diesem Moment ist ein donnernder Blitz in ganz Arcoverde zu hören. Amelinha springt in den Schoß von Belinha, der vor Schmerz und Verzweiflung schreit. Gleichzeitig fehlt es an Elektrizität, was beide verzweifelt macht.

" Was denn jetzt? Was werden wir tun Belinha? " Fragte Amelinha.

" Lass mich los, Schlampe! Ich hole die Kerzen! " Sagte Belinha. Belinha schob ihre Schwester sanft an die Seite der Couch, als sie die Wände tastete, um in die Küche zu gelangen. Da das Haus relativ klein ist, dauert es nicht lange, um diese Operation abzuschließen. Mit Takt nimmt er die Kerzen in den Schrank und zündet sie mit den Streichhölzern strategisch auf dem Herd platziert.

Mit dem Anzünden der Kerze kehrt sie ruhig in den Raum zurück, wo er seine Schwester mit einem geheimnisvollen Lächeln weit offen auf seinem Gesicht trifft. Was hatte sie vor?

" Du kannst Luft ablassen, Schwester! Ich weiß, du denkst etwas" Sagte Belinha.

" Was, wenn wir die Stadtfeuerwehr vor einem Feuer warnen? Sagte Amelinha.

" Lass mich das klarstellen. Sie wollen ein fiktives Feuer erfinden, um diese Männer anzulocken? Was, wenn wir verhaftet werden? " Belinha hatte Angst.

" Mein Kollege! Ich bin sicher, sie werden die Überraschung lieben. Was haben sie in einer dunklen und langweiligen Nacht wie dieser besser zu tun? " sagte Amelinha.

" Du hast recht. Sie werden dir für den Spaß danken. Wir werden das Feuer brechen, das uns von innen verzehrt. Nun kommt die Frage: Wer wird den Mut haben, sie anzurufen? " fragte Belinha.

" Ich bin sehr schüchtern. Ich überlasse diese Aufgabe dir, meine Schwester, sagte Amelinha.

" Immer ich. Okay. Was auch geschieht, Belinha schloss.

Aufstehen von der Couch, geht Belinha an den Tisch in der Ecke, wo das Handy installiert ist. Sie ruft die Notfallnummer der Feuerwehr an und wartet darauf, beantwortet zu werden. Nach einigen Berührungen hört er eine tiefe, feste Stimme von der anderen Seite sprechen.

" Gute Nacht. Hier ist die Feuerwehr. Was willst du denn?

" Mein Name ist Belinha. Ich wohne im Viertel Heiligen Christophorus hier in Arcoverde. Meine Schwester und ich sind verzweifelt bei dem Regen. Wenn Strom ging, hier in unserem Haus, verursachte einen Kurzschluss, beginnend, um die Objekte in Brand zu setzen. Glücklicherweise gingen meine Schwester und ich aus. Das Feuer verzehrt langsam das Haus. Wir brauchen die Hilfe der Feuerwehr" sagte beunruhigt das Mädchen.

" Immer mit der Ruhe, mein Freund. Wir sind bald da. Können Sie detaillierte Informationen über Ihren Standort geben? " Fragte der Feuerwehrmann im Dienst.

" Mein Haus ist genau an der Hauptstraße, drittes Haus auf der rechten Seite. Ist das okay für euch?

" Ich weiß, wo es ist, wir sind in ein paar Minuten da. Ruhig sein sagte der Feuerwehrmann.

" Wir warten auf dich. Danke! " Danke Belinha.

Als sie mit einem breiten Grinsen zur Couch zurückkehrten, ließen die beiden ihre Kissen los und schnaubten mit dem Spaß, den sie machten. Dies wird jedoch nicht empfohlen, es sei denn, sie waren zwei Huren wie sie.

Etwa zehn Minuten später hörten sie ein Klopfen an der Tür und gingen, um sie zu beantworten. Als sie die Tür öffneten, standen sie drei magischen Gesichtern gegenüber, jedes mit seiner charakteristischen Schönheit. Einer war schwarz, sechs Fuß hoch, Beine und Arme mittel. Ein anderer war dunkel, ein Meter und neunzig groß, muskulös und skulptural. Ein Drittel war weiß, kurz, dünn, aber sehr lieb. Der weiße Junge will sich vorstellen:

" Hallo, meine Damen, gute Nacht! Mein Name ist Roberto. Dieser Mann nebenan heißt Matthew und der braune Mann Philip. Wie heißen Sie und wo ist das Feuer?

" Ich bin Belinha, ich habe mit Ihnen telefoniert. Diese Brünette hier ist meine Schwester Amelinha. Komm rein und ich erkläre es dir.

" Okay " Sie haben die drei Feuerwehrmänner gleichzeitig aufgenommen.

Das Quintett betrat das Haus und alles schien normal, weil der Strom zurückgekehrt war. Sie setzen sich auf dem Sofa im Wohnzimmer zusammen mit den Mädchen. Verdächtig, sie unterhalten sich.

" Das Feuer ist vorbei, nicht wahr? " fragte Matthäus.

" Ja. Wir kontrollieren es bereits dank einer großen Anstrengung" erklärt Amelinha.

" Tut mir leid! Ich wollte schon lange arbeiten. Dort in der Kaserne ist die Routine so eintönig, sagte Felipe.

" Ich habe eine Idee. Wie wäre es mit der Arbeit in einer angenehmeren Art und Weise? " Belinha vorgeschlagen.

" Sie meinen, Sie sind, was ich denke? " Felipe befragt.

" Ja. Wir sind alleinstehende Frauen, die Vergnügen lieben. Lust auf Spaß? " fragte Belinha.

" Nur wenn Sie jetzt gehen" antwortete schwarzen Mann.

" Ich bin im Brauner Mann.

" Der weiße Junge ist verfügbar.

" Also, sagen wir, die Mädchen.

Das Quintett betrat das Zimmer und teilte sich ein Doppelbett. Dann begann die Orgie. Belinha und Amelinha wechselten sich ab, um dem Vergnügen der drei Feuerwehrleute beizuwohnen. Alles schien magisch und es gab kein besseres Gefühl, als mit ihnen zusammen zu sein. Mit vielfältigen Geschenken erlebten sie sexuelle und Positionsvariationen, die ein perfektes Bild schufen.

Die Mädchen schienen unersättlich in ihrem sexuellen Eifer, was diese Profis verrückt machte. Sie gingen durch die Nacht mit Sex und das Vergnügen schien nie zu Ende. Sie gingen nicht, bis sie einen dringenden Anruf von der Arbeit bekamen. Sie kündigten und gingen, um den Polizeibericht zu beantworten. Trotzdem würden sie diese wunderbare Erfahrung an der Seite der "Pervertierten Schwestern" nie vergessen.

Ärztliche Beratung

Es dämmerte in der schönen Hauptstadt des Hinterlandes. Normalerweise wachten die beiden perversen Schwestern früh auf. Als sie jedoch aufstanden, fühlten sie sich nicht wohl. Während Amelinha weiter nieste, fühlte sich ihre Schwester Belinha ein wenig erstickt. Diese Fakten kamen wahrscheinlich von der letzten Nacht auf dem Virginia-Platz, wo sie tranken, küssten sich auf den Mund und schnaubte harmonisch in der ruhigen Nacht.

Da sie sich nicht gut und ohne Kraft für irgendetwas fühlten, saßen sie auf der Couch und dachten religiös darüber nach, was zu tun sei, weil professionelle Verpflichtungen darauf warteten, gelöst zu werden.

" Was sollen wir tun, Schwester? Ich bin völlig außer Atem und erschöpft, sagte Belinha.

" Erzähl mir davon! Ich habe Kopfschmerzen und bekomme langsam einen Virus. Wir sind verloren! " Sagte Amelinha.

" Aber ich glaube nicht, dass das ein Grund ist, die Arbeit zu verpassen! Die Menschen hängen von uns! " Sagte Belinha

" Beruhige dich, keine Panik! Wie wäre es, wenn wir die schöne beitreten? " Vorgeschlagen Amelinha.

" Sag mir nicht, dass du denkst, was ich denke... " Belinha war erstaunt.

" Das ist richtig. Gehen wir zusammen zum Arzt! Es wird ein großer Grund, die Arbeit zu verpassen und wer weiß, passiert nicht, was wir wollen! " Sagte Amelinha

" Großartige Idee! Also, worauf warten wir? Machen wir uns fertig! " fragte Belinha.

" Komm schon! " Amelinha hat zugestimmt.

Die beiden gingen in ihre jeweiligen Gehege. Sie waren so aufgeregt über die Entscheidung; Sie sahen nicht mal krank aus. War das alles nur ihre Erfindung? Verzeihen Sie, Leser, denken wir nicht schlecht an unsere lieben Freunde. Stattdessen werden wir sie in diesem aufregenden neuen Kapitel ihres Lebens begleiten.

Im Schlafzimmer badeten sie in ihren Suiten, zogen neue Kleider und Schuhe an, kämmten ihr langes Haar, legten ein französisches Parfüm an und gingen dann in die Küche. Dort zertrümmerten sie Eier und Käse, füllten zwei Brotlaibe und aßen mit einem gekühlten Saft. Alles war sehr lecker. Trotzdem schienen sie es nicht zu spüren, weil die Angst und Nervosität vor dem Arzttermin gigantisch waren.

Als alles fertig war, verließen sie die Küche, um das Haus zu verlassen. Mit jedem Schritt, den sie unternahmen, pulsierten ihre kleinen Herzen mit Gefühlsdenken in einer völlig neuen Erfahrung. Gesegnet seien sie alle! Der Optimismus ergriff sie und war etwas, dem andere folgten!

Auf der Außenseite des Hauses, gehen sie in die Garage. Das Öffnen der Tür in zwei Versuchen, stehen sie vor dem bescheidenen roten Auto. Trotz ihres guten Autogeschmacks zogen sie die beliebten den Klassikern vor, aus Angst vor der in fast allen brasilianischen Regionen üblichen Gewalt.

Ohne Verzögerung betreten die Mädchen das Auto geben die Ausfahrt sanft und dann einer von ihnen schließt die Garage zurück zum Auto sofort nach. Wer fährt ist Amelinha mit Erfahrung schon zehn Jahre. Belinha darf noch nicht fahren.

Der sehr kurze Weg zwischen ihrem Zuhause und dem Krankenhaus ist mit Sicherheit, Harmonie und Ruhe gemacht. In diesem Moment hatten sie das falsche Gefühl, dass sie alles tun könnten. Widersprüchlich fürchteten sie sich vor seiner List und Freiheit. Sie selbst waren von den ergriffenen Maßnahmen überrascht. Es war nicht weniger, dass sie nuttig gute Bastarde genannt wurden!

Als sie im Krankenhaus ankamen, planten sie den Termin und warteten auf ihren Anruf. In diesem Zeitintervall nutzten sie einen Snack und tauschten Nachrichten durch die mobile Anwendung mit ihrem lieben sexuellen Dienern aus. Zynischer und fröhlicher als diese, es war unmöglich zu sein!

Nach einer Weile sind sie dran, gesehen zu werden. Untrennbar betreten sie das Pflegebüro. Wenn das passiert, hat der Arzt fast einen Herzinfarkt. Vor ihnen war ein seltenes Stück eines Mannes: Eine große Blondine, ein Meter und neunzig Zentimeter groß, bärtig, Haare bildend einen Pferdeschwanz, muskulöse Arme und Brüste, natürliche Gesichter mit einem engelhaften Look. Noch bevor sie eine Reaktion entwerfen konnten, lädt er ein:

" Setzt euch beide hin!

" Danke! " Sie sagten beide.

Die beiden haben Zeit, eine schnelle Analyse der Umgebung zu machen: Vor dem Service-Tisch, der Arzt, der Stuhl, in dem er saß und hinter einem Schrank. Auf der rechten Seite ein Bett. An der Wand sind expressionistische Gemälde des Autors Cândido Portinari zu sehen, die den Mann vom Land zeigen. Die Atmosphäre ist sehr gemütlich verlassen die Mädchen wohl. Die Atmosphäre der Entspannung wird durch den formalen Aspekt der Beratung gebrochen.

" Sagt mir, was ihr fühlt, Mädels!

Das klang für die Mädchen ungezwungen. Wie süß war dieser blonde Mann! Es muss köstlich gewesen sein.

" Kopfschmerzen, Unwohlsein und Virus! " Erzählte Amelinha.

" Ich bin atemlos und müde! " Er behauptete Belinha.

" Es ist okay! Lassen Sie mich einen Blick! Leg dich aufs Bett! " fragte der Doktor.

Die Huren atmeten kaum noch. Der Profi ließ sie einen Teil ihrer Kleidung ausziehen und fühlte sie in verschiedenen Teilen, die Schüttelfrost und kalten Schweiß verursachten. Erkennend, dass es nichts Ernstes mit ihnen gab, scherzte der Begleiter:

" Es sieht alles perfekt aus! Wovor sollen sie Angst haben? Eine Spritze in den Arsch?

" Ich liebe es! Wenn es eine große und dicke Injektion noch besser! " Sagte Belinha.

" Wirst du langsam anwenden, Liebe? " Sagte Amelinha.

" Sie fragen schon zu viel! " Bemerkte der Kliniker.

Vorsichtig schließt er die Tür und fällt auf die Mädchen wie ein wildes Tier. Zuerst nimmt er den Rest der Kleider von den Leichen. Dies schärft seine Libido noch mehr. Indem er völlig nackt ist, bewundert er für einen Moment diese skulpturalen Kreaturen. Dann ist er an der Reihe zu prahlen, er sorgt dafür, dass sie sich ausziehen. Dies erhöhten das Zusammenspiel und die Intimität zwischen der Gruppe.

Wenn alles bereit ist, beginnen sie die Vorbereitungen für Sex. Mit der Zunge in empfindlichen Teilen wie dem Anus, dem Arsch und dem Ohr bewirkt die Blondine bei beiden Frauen Mini-Genussorgasmen. Alles lief gut, auch wenn jemand an die Tür klopfte. Kein Ausweg, er muss antworten. Er geht ein wenig und öffnet die Tür. Dabei stößt er auf die Bereitschaftsschwester: einen schlanken Mulatten, mit dünnen Beinen und sehr tief.

" Doktor, ich habe eine Frage zu den Medikamenten eines Patienten: Sind es fünf oder dreihundert Milligramm Aspirin? " Roberto mit einem Rezept gefragt.

" 500! " Bestätigt Alex.

In diesem Moment sah die Krankenschwester die Füße der nackten Mädchen, die versuchten sich zu verstecken. Ich habe drinnen gelacht.

" Machen Sie Witze, ja, Arzt? Ruf nicht mal deine Freunde an!

" Entschuldigen Sie! Wollen Sie der Gang beitreten?

" Das würde ich gerne!

" Dann komm!

Die beiden betraten den Raum und schlossen die Tür hinter ihnen. Mehr als schnell zog sich der Mulatte aus. Völlig nackt zeigte er seinen langen, dicken, mit Adern Mast als Trophäe. Belinha war begeistert und gab ihm bald Oralsex.

Alex verlangte auch, dass Amelinha dasselbe mit ihm mache. Nach dem Oral begannen sie mit dem Anal. In diesem Teil fand es Belinha sehr schwierig, sich an dem Monster-Schwanz der Krankenschwester festzuhalten. Aber sobald es das Loch betrat, war ihre Freude enorm. Auf der anderen Seite hatten sie keine Schwierigkeiten, weil ihr Penis normal war.

Dann hatten sie vaginalen Sex in verschiedenen Positionen. Die Bewegung des Hin und Her in der Höhle verursachte Halluzinationen in ihnen. Nach diesem Stadium vereinigten sich die vier in einer Gruppe Geschlecht. Es war die beste Erfahrung, in der die restlichen Energien verbraucht wurden. 15 Minuten später waren beide ausverkauft. Für die Schwestern, Sex würde nie enden, aber gut, wie sie die Schwäche dieser Männer respektiert wurden. Da sie ihre Arbeit nicht stören wollten, gaben sie die Bescheinigung über die Begründung der Arbeit und ihr persönliches Telefon auf. Sie verließen völlig ruhig, ohne irgendjemandes Aufmerksamkeit während der Krankenhausüberfahrt zu erregen.

Am Parkplatz angekommen, stiegen sie in das Auto ein und starteten den Rückweg. So glücklich sie auch sind, sie haben bereits über ihren nächsten sexuellen Unfug nachgedacht. Die perversen Schwestern waren wirklich etwas!

Privatunterricht

Es war ein Nachmittag wie jeder andere. Neulinge von der Arbeit, die perversen Schwestern waren mit Hausarbeiten beschäftigt. Nachdem sie alle Aufgaben erledigt hatten, versammelten sie sich im Raum, um sich ein wenig auszuruhen.

Während Amelinha ein Buch las, nutzte Belinha das mobile Internet, um ihre Lieblingswebsites zu durchsuchen.

Irgendwann schreit der zweite laut im Raum, was ihre Schwester erschreckt.

"Was ist los, Mädchen? Bist du verrückt? " Fragte Amelinha.

"Ich habe gerade auf die Website von Wettbewerben mit einer dankbaren Überraschung informiert Belinha.

"Erzähl mir mehr davon!

"Anmeldungen des Bundeslandgerichts sind offen. Wie wär's damit?

"Gute Wahl, meine Schwester! Was ist das Gehalt?

" Mehr als zehntausend anfängliche Dollar.

"Sehr gut! Mein Job ist besser. Jedoch werde ich den Wettbewerb machen, weil ich mich auf der Suche nach anderen Veranstaltungen vorbereite. Es wird als Experiment dienen.

"Du machst das sehr gut! Du ermutigst mich, ich weiß nicht, wo ich anfangen soll. Kannst du mir Trinkgeld geben?

"Kaufen Sie einen virtuellen Kurs, stellen Sie viele Fragen auf den Testseiten, tun und wiederholen Sie frühere Tests, schreiben Zusammenfassungen, sehen Sie Tipps und laden Sie gute Materialien im Internet unter anderem.

"Vielen Dank! Ich nehme all diesen Rat an! Aber ich brauche mehr. Hören Sie, Schwester, da wir Geld haben, wie wäre es, wenn wir für eine Privatstunde bezahlen?

"Daran habe ich nicht gedacht. Das ist eine gute Idee! Haben Sie Vorschläge für eine kompetente Person?

"Ich habe hier einen sehr kompetenten Lehrer von Arcoverde in meinen Telefonkontakten. Sieh dir sein Bild an!

Belinha gab ihrer Schwester ihr Handy. Als sie das Bild des Jungen sah, war sie begeistert. Außerdem war er clever! Es wäre ein perfektes Opfer des Paares, das sich dem Nützlichen zum Angenehmen anschließt.

"Worauf warten wir noch? Schnapp ihn dir, Schwester! Wir müssen bald lernen. " Amelinha sagte.

"Du hast es! " Belinha akzeptiert.

Als sie von der Couch aufstand, begann sie, die Nummern des Telefons auf dem Nummernblock zu wählen. Sobald der Anruf erfolgt ist, wird es nur ein paar Minuten dauern, um beantwortet zu werden.

"Hallo. Geht es dir gut?

"Es ist alles großartig, Renato.

"Senden Sie die Befehle.

"Ich war im Internet surfen, als ich entdeckte, dass die Anträge für die Bundes-Landgericht Wettbewerb sind, offen. Ich nannte meinen Geist sofort als einen respektablen Lehrer. Erinnerst du dich an die Schulsaison?

"Ich erinnere mich gut an diese Zeit. Gute Zeiten diejenigen, die nicht zurückkommen!

"Das ist richtig! Hast du Zeit, uns eine Privatstunde zu geben?

"Was für ein Gespräch, junge Dame! Für dich habe ich immer Zeit! Welches Datum setzen wir?

"Können wir es morgen um 14:00 Uhr machen? Wir müssen los!

"Natürlich tue ich das! Mit meiner Hilfe sage ich demütig, dass die Chancen des Ablebens unglaublich steigen.

"Da bin ich mir sicher!

"Wie gut! Du kannst mich um 14 Uhr erwarten.

"Ich danke Ihnen vielmals! Wir sehen uns morgen!

"Wir sehen uns später!

Belinha hängte das Telefon auf und skizzierte ein Lächeln für seinen Begleiter. Verdächtigt die Antwort, fragte Amelinha:

"Wie ist es gelaufen?

"Er nahm an. Morgen um 14 Uhr wird er hier sein.

"Wie gut! Die Nerven bringen mich um!

"Immer mit der Ruhe, Schwester! Es wird alles gut.

"Amen!

"Sollen wir das Abendessen vorbereiten? Ich bin schon hungrig!

"Gut in Erinnerung!

Das Paar ging vom Wohnzimmer in die Küche, wo in einer angenehmen Umgebung gesprochen, gespielt, gekocht unter anderem Aktivitäten. Sie waren beispielhafte Figuren von Schwestern, vereint durch Schmerz und Einsamkeit. Die Tatsache, dass sie Bastarde im Sex waren, qualifizierte sie nur noch mehr. Wie Sie alle wissen, hat die Brasilianerin warmes Blut.

Bald danach verbrüderten sie sich um den Tisch und dachten über das Leben und seine Wechselfälle nach.

"Essen dieses köstliche Huhn Stroganoff, erinnere ich mich an den schwarzen Mann und die Feuerwehr! Momente, die nie zu vergehen scheinen! " sagte Belinha!

" Erzähl mir davon! Diese Jungs sind köstlich! Ganz zu schweigen von der Krankenschwester und dem Arzt! Ich liebte es auch! " Amelinha erinnert!

"Wahr genug, meine Schwester! Mit einem schönen Mast jeder Mensch wird angenehm! Mögen mir die Feministinnen vergeben!

"Wir müssen nicht so radikal sein...!

Die beiden lachen und weiterhin das Essen auf dem Tisch zu essen. Für einen Moment war nichts anderes wichtig. Sie schienen allein in der Welt zu sein und das qualifizierte sie als Göttinnen der Schönheit und der Liebe. Denn das Wichtigste ist, sich gut zu fühlen und Selbstwertgefühl zu haben.

Selbstbewusst in sich selbst, setzen sie das Familienritual fort. Am Ende dieser Phase surfen sie im Internet, hören Musik auf der Stereoanlage im Wohnzimmer, schauen Seifenopern und später einen Pornofilm. Dieser Ansturm lässt sie atemlos und müde zwingen sie zur Ruhe in ihren jeweiligen Räumen zu gehen. Sie warteten gespannt auf den nächsten Tag.

Es wird nicht lange dauern, bis sie in einen tiefen Schlaf fallen. Abgesehen von Alpträumen finden Nacht und Dämmerung im normalen Bereich statt. Sobald die Morgendämmerung kommt, stehen sie auf und beginnen, die normale Routine zu folgen: Bad, Frühstück, Arbeit, Rückkehr nach Hause, Bad, Mittagessen, Nickerchen und bewegen sich in den Raum, wo sie auf den geplanten Besuch warten.

Als sie an die Tür klopfen hören, steht Belinha auf und geht zur Antwort. Dabei stößt er auf den lächelnden Lehrer. Dies verursachte ihm eine gute innere Befriedigung.

"Willkommen zurück, mein Freund! Bereit, es uns beizubringen?

"Ja, sehr, sehr bereit! Nochmals vielen Dank für diese Gelegenheit! " Sagte Renato.

" Lass uns rein gehen! " Sagte Belinha.

Der Junge dachte nicht zweimal nach und nahm den Antrag des Mädchens an. Er grüßte Amelinha und auf ihrem Signal, saß auf dem Sofa. Seine erste Einstellung war, die schwarze gestrickte Bluse auszuziehen, weil sie zu heiß war. Damit hinterließ er seinen gut verarbeiteten Brustpanzer im Fitnessstudio, den tropfenden Schweiß und sein dunkelhäutiges Licht. All diese Details waren ein natürliches Aphrodisiakum für die beiden "Perversen".

So zu tun, als würde nichts passieren, wurde ein Gespräch zwischen den drei von ihnen initiiert.

"Haben Sie einen guten Kurs vorbereitet, Professor? " Fragte Amelinha.

"Ja! Beginnen wir mit welchem Artikel? " Fragte Renato.

"Ich weiß nicht... " sagte Amelinha.

"Wie wäre es, wenn wir zuerst Spaß haben? Nachdem du dein Hemd ausgezogen hast, wurde ich nass! " Gestand Belinha.

"Ich auch" Sagte Amelinha.

"Ihr zwei seid wirklich Sex-Wahnsinnige! Liebe ich das nicht? " sagte der Meister.

Ohne auf eine Antwort zu warten, zog er seine blaue Jeans aus, die die Adduktor Muskeln seines Oberschenkels zeigte, seine Sonnenbrille seine blauen Augen und schließlich seine Unterwäsche, die eine Perfektion von langem Penis, mittlerer Dicke und mit dreieckigem Kopf zeigte. Es war genug für die kleinen Huren, oben hinzufallen und diesen männlichen, fröhlichen Körper zu genießen. Mit seiner Hilfe zogen sie sich aus und begannen die Vorbereitungen zum Sex.

Kurz gesagt, war dies eine wunderbare sexuelle Begegnung, wo sie viele neue Dinge erlebt. Es waren fast vierzig Minuten wilder Sex in völliger Harmonie. In diesen Momenten war die Emotion so groß, dass sie die Zeit und den Raum nicht einmal bemerkten. Deshalb waren sie unendlich durch Gottes Liebe.

Als sie Ekstase erreichten, ruhten sie sich ein wenig auf der Couch aus. Sie studierte dann die Disziplinen durch den Wettbewerb in Rechnung gestellt. Als Schüler waren die beiden hilfsbereit, intelligent und diszipliniert, was vom Lehrer bemerkt wurde. Ich bin sicher, sie waren auf dem Weg zur Genehmigung.

Drei Stunden später haben sie aufgehört, neue Studientreffen zu versprechen. Glücklich im Leben gingen die perversen Schwestern, um sich um ihre anderen Pflichten zu kümmern, die bereits an ihre nächsten Abenteuer denken. Sie wurden in der Stadt als "Der Unersättliche" bekannt.

Wettbewerbstest

Es ist eine Weile her. Für etwa zwei Monate widmeten sich die perversen Schwestern dem Wettbewerb entsprechend der verfügbaren Zeit. Jeden Tag, der vorüber ging, waren sie besser auf alles vorbereitet, was kam und ging. Gleichzeitig gab es sexuelle Begegnungen und in diesen Momenten wurden sie befreit.

TOUR IN DER STADT PESQUEIRA

Der Testtag war endlich da. Früh aus der Hauptstadt des Hinterlandes, begannen die beiden Schwestern zu Fuß die BR 232 Autobahn einer Gesamtstrecke von 250 km. Auf dem Weg, vorbei an den wichtigsten Punkten des Inneren des Staates: Fischerdorf, schöner Garten, Heiliger Kajetan, Caruaru, Krawatte, Kälber und Sieg von Heilig Antao. Jede dieser Städte hatte eine Geschichte zu erzählen und aus ihrer Erfahrung sie vollständig absorbiert. Wie gut es war, die Berge, den atlantischen Wald, die Caatinga, die Bauernhöfe, Bauernhöfe, Dörfer, kleine Städte zu sehen und die saubere Luft aus den Wäldern zu schlürfen. Pernambuco war ein wirklich wunderbarer Zustand!

Sie betreten den Stadtrand der Hauptstadt und feiern die gute Verwirklichung der Reise. Nehmen Sie die Hauptstraße in die Nachbarschaft gute Reise, wo sie den Test durchführen würde. Auf dem Weg stehen sie unter Staus, Gleichgültigkeit gegenüber Fremden, verschmutzter Luft und mangelnder Orientierung. Aber sie haben es endlich geschafft, sie betreten das jeweilige Gebäude, identifizieren sich und beginnen den Test, der zwei Perioden dauern würde. Während des ersten Teils des Tests, sie sind völlig auf die Herausforderung der Fragen mit mehreren Antworten konzentriert. Gut ausgearbeitet von der Bank verantwortlich für die Veranstaltung, veranlasste die unterschiedlichsten Ausarbeitungen der beiden. Ihrer Ansicht nach ging es ihnen gut. Als sie die Pause machten, gingen sie zum Mittagessen und einem Saft in einem Restaurant vor dem Gebäude. Diese Momente waren für sie wichtig, um ihr Vertrauen, ihre Beziehung und ihre Freundschaft zu erhalten.

Danach gingen sie zurück zum Testgelände. Dann begann die zweite Periode der Veranstaltung mit Fragen, die sich mit anderen Disziplinen. Auch ohne das gleiche Tempo zu halten, waren sie immer noch sehr scharfsinnig in ihren Antworten. Sie bewiesen auf diese Weise, dass der beste Weg, um Wettbewerbe zu bestehen ist, indem sie viel Studien widmen. Eine Weile später beendeten sie ihre selbstbewusste Teilnahme. Sie übergaben die Beweise, kehrten zum Auto zurück und bewegten sich zum Strand in der Nähe.

Auf dem Weg spielten sie, schalteten den Ton ein, kommentierten das Rennen und rückten in den Straßen von Recife vor und beobachteten die beleuchteten Straßen der Hauptstadt, weil es fast Nacht war. Sie staunen über das gesehene Schauspiel. Kein Wunder, dass die Stadt als "Hauptstadt der Tropen" bekannt ist. Der Sonnenuntergang verleiht der Umgebung einen noch prächtigeren Look. Wie schön, in diesem Moment da zu sein!

Als sie den neuen Punkt erreichten, näherten sie sich den Ufern des Meeres und flogen dann in sein kaltes und ruhiges Wasser. Das provozierte Gefühl ist ekstatisch von Freude, Zufriedenheit, Zufriedenheit und Frieden. Wenn sie die Zeit aus den Augen verlieren, schwimmen sie, bis sie müde sind. Danach liegen sie im Sternenlicht am Strand, ohne Angst oder Sorge. Magie hat sie brillant erfasst. Ein Wort, das in diesem Fall verwendet wurde, war "Unermesslich".

Irgendwann, mit dem Strand fast menschenleer, gibt es einen Ansatz von zwei Männern der Mädchen. Sie versuchen aufzustehen und der Gefahr ins Gesicht zu laufen. Aber sie werden von den starken Armen der Jungen aufgehalten.

– TOUR IN DER STADT PESQUEIRA

" Immer mit der Ruhe, Mädels! Wir tun dir nichts! Wir bitten nur um ein wenig Aufmerksamkeit und Zuneigung! " Einer von ihnen sprach.

Angesichts des sanften Tons lachten die Mädchen vor Emotion. Wenn sie Sex wollten, warum sie dann nicht befriedigen? Sie waren Meister in dieser Kunst. Auf ihre Erwartungen reagierend, standen sie auf und halfen ihnen, ihre Kleider auszuziehen. Sie lieferten zwei Kondome und machten einen Striptease. Es war genug, um diese beiden Männer verrückt zu machen.

Sie fielen zu Boden, liebten sich paarweise und ihre Bewegungen erschütterten den Boden. Sie erlaubten sich alle sexuellen Variationen und Wünsche von beiden. An diesem Punkt der Entbindung, kümmerten sie sich nicht um irgendetwas oder irgendjemand. Für sie waren sie allein im Universum in einem großen Ritual der Liebe ohne Vorurteile. Beim Sex waren sie völlig miteinander verflochten und produzierten eine Macht, die nie zuvor gesehen wurde. Wie Instrumente waren sie Teil einer größeren Kraft in der Fortsetzung des Lebens.

Nur Erschöpfung zwingt sie aufzuhören. Völlig zufrieden gaben die Männer auf und gingen weg. Die Mädchen beschließen, zum Auto zurückzukehren, sie beginnen ihre Reise zurück zu ihrem Wohnort. Ganz gut, sie nahmen ihre Erfahrungen mit und erwarteten gute Nachrichten über den Wettbewerb, an dem sie teilnahmen. Sie haben sicherlich das beste Glück der Welt verdient.

Drei Stunden später kamen sie in Frieden nach Hause. Sie danken Gott für die Segnungen, die durch den Schlaf gewährt werden. Neulich wartete ich auf mehr Emotionen für die beiden Verrückten.

Die Rückkehr des Lehrers

Dämmerung. Die Sonne steigt früh mit seinen Strahlen, die durch die Risse des Fensters gehen, um die Gesichter unserer lieben Babys streicheln. Darüber hinaus half die feine Morgenbrise Stimmung in ihnen zu schaffen. Wie schön es war, die Gelegenheit eines weiteren Tages mit dem Segen des Vaters zu haben. Langsam stehen die beiden fast zeitgleich aus ihren jeweiligen Betten auf. Nach dem Baden findet ihr Treffen im Baldachin statt, wo sie gemeinsam das Frühstück zubereiten. Es ist ein Moment der Freude, Vorfreude und Ablenkung, Erfahrungen zu unglaublich fantastischen Zeiten auszutauschen.

Nach dem Frühstück ist fertig, sammeln sie sich um den Tisch bequem auf Holzstühlen mit einer Rückenlehne für die Säule sitzen. Während sie essen, tauschen sie intime Erfahrungen aus.

Belinha

Meine Schwester, was war das?

Amelinha

Pure Emotion! Ich erinnere mich noch an jedes Detail der Körper dieser lieben Kretins!

Belinha

Ich auch nicht! Ich fühlte eine große Freude. Es war fast übersinnlich.

Amelinha

Ich weiß es doch! Lass uns diese verrückten Dinge öfter machen!

Belinha

Ich stimme zu!

Amelinha

Hat Ihnen der Test gefallen?

Belinha

Ich liebte es. Ich sterbe, um meine Leistung zu überprüfen!

Amelinha

Ich auch nicht!

Sobald sie mit dem Füttern fertig waren, nahmen die Mädchen ihre Handys durch den Zugriff auf das mobile Internet. Sie navigierten zur Seite der Organisation, um das Feedback des Beweises zu überprüfen. Sie schrieben es auf Papier und gingen in den Raum, um die Antworten zu überprüfen.

Drinnen sprangen sie vor Freude, als sie die gute Note sahen. Sie hatten bestanden! Die gefühlte Emotion konnte jetzt nicht eingedämmt werden. Nachdem er viel gefeiert hat, hat er die beste Idee: Lade Meister Renato ein, damit sie den Erfolg der Mission feiern können. Belinha ist wieder verantwortlich für die Mission. Sie nimmt ihr Telefon und ruft an.

Belinha

Hallo?

Renato

Hi, alles in Ordnung? Wie geht es dir, süße Belle?

Belinha

Sehr gut! Rate mal, was gerade passiert ist.

Renato

Sag mir nicht, dass du....
Belinha
Ja! Wir haben den Wettbewerb bestanden!
Renato
Meine Glückwünsche! Hab ich's dir nicht gesagt?
Belinha
Ich möchte Ihnen sehr für Ihre Mitarbeit in jeder Hinsicht danken. Du verstehst mich, oder?
Renato
Das verstehe ich doch. Wir müssen etwas arrangieren, am besten bei Ihnen zu Hause.
Belinha
Genau deshalb habe ich angerufen. Können wir das heute machen?
Renato
Ja! Ich kann es heute Abend tun.
Belinha
Wundern. Wir erwarten Sie dann um acht Uhr nachts.
Renato
Okay. Kann ich meinen Bruder mitbringen?
Belinha
Natürlich!
Renato
Wir sehen uns später!
Belinha
Wir sehen uns später!
Die Verbindung endet. Als Belinha ihre Schwester ansieht, lacht sie glücklich. Neugierig fragt der andere:
Amelinha

Also was? Kommt er mit?

Belinha

Es ist in Ordnung! Heute Abend um acht Uhr sind wir wieder vereint. Er und sein Bruder kommen! Hast du an Orgie gedacht?

Amelinha

Erzähl mir davon! Ich poche schon vor Emotionen!

Belinha

Lass es Herz sein! Ich hoffe, es funktioniert!

Amelinha

"Es hat alles funktioniert!

Die beiden lachen gleichzeitig und füllen die Umgebung mit positiven Schwingungen. In diesem Moment hatte ich keinen Zweifel, dass sich das Schicksal für eine Nacht voller Spaß für das verrückte Duo verschworen hatte. Sie hatten schon so viele gemeinsame Etappen erreicht, dass sie jetzt nicht schwächer würden. Sie sollten daher weiterhin Männer als sexuelles Spiel vergöttern und sie dann verwerfen. Das war das Mindeste, was die Rasse tun konnte, um für ihr Leiden zu bezahlen. Tatsächlich verdient keine Frau zu leiden. Oder besser gesagt, fast jede Frau verdient keinen Schmerz.

Zeit, an die Arbeit zu gehen. Als die beiden Schwestern den Raum bereits fertig hatten, gingen sie in die Garage, wo sie in ihrem privaten Auto abfuhren. Amelinha bringt Belinha zuerst zur Schule und geht dann zum Farm Büro. Dort strahlt sie Freude aus und erzählt professionelle Neuigkeiten. Für die Genehmigung des Wettbewerbs erhält er die Glückwünsche von allen. Dasselbe passiert mit Belinha.

Später kehren sie nach Hause zurück und treffen sich wieder. Dann beginnt die Vorbereitung, um Ihre Kollegen zu empfangen. Der Tag versprach, noch spezieller zu sein.

Genau zur vorgesehenen Zeit hören sie klopfen an die Tür. Belinha, der Klügste von ihnen, steht auf und antwortet. Mit festen und sicheren Schritten stellt er sich in die Tür und öffnet sie langsam. Nach Abschluss dieser Operation visualisiert er die beiden Brüder. Mit einem Signal der Gastgeberin betreten und setzen sie sich auf das Sofa im Wohnzimmer.

Renato
Das ist mein Bruder. Sein Name ist Ricardo.
Belinha
Nett, Sie kennen zu lernen, Ricardo.
Amelinha
Sie sind hier herzlich willkommen!
Ricardo
Ich danke Ihnen beiden. Das Vergnügen ist ganz meinerseits!
Renato
Ich bin so weit! Können wir einfach ins Zimmer gehen?
Belinha
Komm schon!
Amelinha
Wer bekommt jetzt wen?
Renato
Ich wähle Belinha selbst.
Belinha
Vielen Dank, Renato, vielen Dank! Wir sind zusammen!
Ricardo

Ich bleibe gerne bei Amelinha!
Amelinha
Du wirst noch zittern!
Ricardo
Wir werden sehen!
Belinha
Dann lasst die Party beginnen!

Die Männer legten die Frauen sanft auf den Arm und trugen sie bis zu den Betten, die sich im Schlafzimmer einer von ihnen befanden. Am Ort angekommen, ziehen sie ihre Kleider aus und fallen in die schönen Möbel, die das Ritual der Liebe in mehreren Positionen beginnen, Austausch Streicheleinheiten und Komplizenschaft. Die Aufregung und Freude waren so groß, dass das Stöhnen produziert, konnte auf der anderen Seite der Straße skandalisierend die Nachbarn gehört werden. Ich meine, nicht so sehr, weil sie bereits von ihrem Ruhm wussten.

Mit dem Abschluss von oben kehren die Liebenden in die Küche zurück, wo sie Saft mit Keksen trinken. Während sie essen, unterhalten sie sich zwei Stunden lang, was die Interaktion der Gruppe erhöht. Wie gut es war, dort zu sein und über das Leben zu lernen und glücklich zu sein. Zufriedenheit bedeutet, mit sich selbst und mit der Welt gut umzugehen und ihre Erfahrungen und Werte vor anderen zu bestätigen, die die Gewissheit haben, nicht von anderen beurteilt zu werden. Daher war das Maximum, das sie glaubten, "Jeder ist seine eigene Person".

Bei Einbruch der Nacht verabschieden sie sich endlich. Die Besucher verlassen die "Liebe Pyrenäen" noch euphorischer, wenn sie über neue Situationen nachdenken. Die Welt wandte sich immer mehr den beiden Vertrauten zu. Mögen sie Glück haben!

Der manische Clown

Der Sonntag kam und mit ihm viele Neuigkeiten in der Stadt. Unter ihnen die Ankunft eines Zirkus namens "Superstar", der in ganz Brasilien berühmt ist. Das ist alles, worüber wir in der Gegend gesprochen haben. Neugierig von Angeboren, programmierten die beiden Schwestern, um an der Eröffnung der Show teilzunehmen, die für diesen Abend geplant war.

Kurz vor dem Zeitplan waren die beiden bereits bereit, nach einem besonderen Abendessen für ihre unverheiratete Person auszugehen. Für die Gala gekleidet, paradierten beide gleichzeitig, wo sie das Haus verließen und die Garage betraten. Beim Betreten des Autos beginnen sie damit, dass einer von ihnen herunterkommt und die Garage schließt. Mit der Rückgabe desselben kann die Reise ohne weitere Probleme fortgesetzt werden.

Wenn Sie den Bezirk Saint Christopher verlassen, fahren Sie in Richtung Boa Vista am anderen Ende der Stadt, der Hauptstadt des Hinterlandes mit rund achtzigtausend Einwohnern. Wenn sie durch die ruhigen Alleen gehen, sind sie erstaunt über die Architektur, die Weihnachtsdekoration, die Geister der Menschen, die Kirchen, die Berge, von denen sie zu sprechen schienen, die duftenden Wortspiele, die in Komplizenschaft ausgetauscht wurden, den Klang von lautem

Rock, das französische Parfüm, die Gespräche über Politik, Wirtschaft, Gesellschaft, Partys, nordöstliche Kultur und Geheimnisse. Jedenfalls waren sie total entspannt, ängstlich, nervös und konzentriert.

Auf dem Weg fällt sofort ein feiner Regen. Wider Erwarten öffnen Mädchen die Fahrzeugfenster, so dass kleine Wassertropfen ihre Gesichter schmieren. Diese Geste zeigt ihre Einfachheit und Authentizität, wahre vertrauend Champions. Dies ist die beste Option für Menschen. Was nützt es, Misserfolge, die Unruhe und den Schmerz der Vergangenheit zu beseitigen? Sie würden sie nirgendwohin mitnehmen. Deshalb waren sie glücklich durch ihre Entscheidungen. Obwohl die Welt sie beurteilte, kümmerte es sie nicht, weil sie ihr Schicksal besaßen. Herzlichen Glückwunsch zum Geburtstag!

Etwa zehn Minuten weiter sind sie bereits auf dem Parkplatz des Zirkus. Sie schließen das Auto, gehen ein paar Meter in den Innenhof der Umgebung. Um früh zu kommen, setzen sie sich auf die erste Tribüne. Während Sie auf die Show warten, kaufen sie Popcorn, Bier, lassen den Bullshit und stille Wortspiele fallen. Es gab nichts Schöneres, als im Zirkus zu sein!

Vierzig Minuten später wird die Show eröffnet. Zu den Attraktionen gehören scherzhafte Clowns, Akrobaten, Trapezkünstler, Der Schlangenmensch, Todeskugeln, Zauberer, Jongleure und eine Musikshow. Drei Stunden lang erleben sie magische Momente, lustig, abgelenkt, spielen, verlieben sich, endlich live. Mit der Auflösung der Show stellen sie sicher, dass sie in die Garderobe gehen und einen der

Clowns begrüßen. Er hatte den Stunt vollbracht, sie aufzumuntern, als wäre es nie passiert.

Oben auf der Bühne musst du eine Linie bekommen. Zufälligerweise sind sie die letzten, die in die Umkleidekabine gehen. Dort finden sie einen entstellten Clown, abseits der Bühne.

"Wir sind hierher gekommen, um Ihnen zu Ihrer großartigen Show zu gratulieren. Da ist eine Gabe Gottes drin! Er beobachtete Belinha.

"Deine Worte und deine Gesten haben meinen Geist erschüttert. Ich weiß es nicht, aber ich bemerkte eine Traurigkeit in deinen Augen. Habe ich recht?

"Danke euch beiden für die Worte. Wie heißen Sie? Antwortete der Clown.

"Mein Name ist Amelinha!

"Mein Name ist Belinha.

"Schön, Sie kennenzulernen. Du kannst mich Gilberto nennen! Ich habe genug Schmerz in diesem Leben durchgemacht. Eine davon war die kürzliche Trennung von meiner Frau. Sie müssen verstehen, dass es nicht einfach ist, sich nach 20 Lebensjahren von Ihrer Frau zu trennen, oder? Unabhängig davon freue ich mich, meine Kunst zu erfüllen.

"Armer Kerl! Es tut mir leid! (Amelinha).

"Was können wir tun, um ihn aufzumuntern? (Belinha).

"Ich weiß nicht wie. Nach der Trennung meiner Frau vermisse ich sie so sehr. (Gilberto).

"Wir können das in Ordnung bringen, nicht wahr, Schwester? (Belinha).

"Klar. Sie sind ein gut aussehender Mann. (Amelinha)

– TOUR IN DER STADT PESQUEIRA

"Danke, Mädels. Du bist wunderbar. Rief Gilberto.

Ohne länger zu warten, zog sich der weiße, große, starke, dunkeläugige Mann aus, und die Damen folgten seinem Beispiel. Nackt ging das Trio direkt auf dem Boden ins Vorspiel. Mehr als ein Austausch von Emotionen und Fluchen, Sex amüsierte sie und munterte sie auf. In diesen kurzen Momenten spürten sie Teile einer größeren Kraft, der Liebe Gottes. Durch die Liebe erreichten sie die größere Ekstase, die ein Mensch erreichen konnte.

Als sie den Akt beenden, verkleiden sie sich und verabschieden sich. Dieser eine weitere Schritt und die Schlussfolgerung, die kam, war, dass der Mensch ein wilder Wolf war. Ein manischer Clown, den Sie nie vergessen werden. Sie verlassen den Zirkus nicht mehr und bewegen sich auf den Parkplatz. Sie steigen ins Auto und machen sich auf den Rückweg. Die nächsten Tage wurden weitere Überraschungen versprochen.

Die zweite Morgendämmerung ist schöner denn je. Früh am Morgen freuen sich unsere Freunde, die Hitze der Sonne und die Brise in ihren Gesichtern zu spüren. Diese Kontraste verursachten im physischen Aspekt desselben ein gutes Gefühl von Freiheit, Zufriedenheit, Zufriedenheit und Freude. Sie waren bereit, sich einem neuen Tag zu stellen.

Sie konzentrieren jedoch ihre Kräfte, die in ihrem Heben gipfeln. Der nächste Schritt ist, in die Suite zu gehen und es mit extremer Landstreicherei zu tun, als ob sie aus dem Bundesstaat Bahia wären. Natürlich nicht, um unsere lieben Nachbarn zu verletzen. Das Land aller Heiligen ist ein spektakulärer Ort voller Kultur, Geschichte und weltlicher Traditionen. Es lebe Bahia.

Im Badezimmer ziehen sie sich aus, weil sie das seltsame Gefühl haben, nicht allein zu sein. Wer hat schon einmal von der Legende vom blonden Badezimmer gehört? Nach einem Horrorfilm-Marathon war es normal, damit Ärger zu bekommen. Im nächsten Moment nicken sie mit dem Kopf und versuchen, leiser zu sein. Plötzlich kommt es jedem von ihnen in den Sinn, ihre politische Entwicklung, ihre bürgerliche Seite, ihre berufliche, religiöse Seite und ihr sexueller Aspekt. Sie fühlen sich gut dabei, unvollkommene Geräte zu sein. Sie waren sich sicher, dass Qualitäten und Mängel zu ihrer Persönlichkeit beitrugen.

Außerdem schließen sie sich im Badezimmer ein. Durch das Öffnen der Dusche lassen sie das heiße Wasser aufgrund der Hitze der Nacht zuvor durch die verschwitzten Körper fließen. Flüssigkeit dient als Katalysator, der alle traurigen Dinge absorbiert. Das ist genau das, was sie jetzt brauchten: den Schmerz, das Trauma, die Enttäuschungen, die Unruhe zu vergessen, um neue Erwartungen zu finden. Das laufende Jahr war dabei entscheidend. Eine fantastische Wendung in jedem Aspekt des Lebens.

Der Reinigungsprozess wird mit der Verwendung von Pflanzenschwämmen, Seife, Shampoo und Wasser eingeleitet. Derzeit fühlen sie eine der besten Freuden, die Sie zwingt, sich an das Ticket am Riff und die Abenteuer am Strand zu erinnern. Intuitiv bittet ihr wilder Geist um mehr Abenteuer in dem, was sie bleiben, um es so schnell wie möglich zu analysieren. Die Situation, die durch die Freizeit begünstigt wird, wird bei der Arbeit von beiden als Preis für das Engagement für den öffentlichen Dienst erreicht.

Für etwa 20 Minuten legen sie ihre Ziele ein wenig beiseite, um einen reflektierenden Moment in ihrer jeweiligen Intimität zu leben. Am Ende dieser Aktivität kommen sie aus der Toilette, wischen den nassen Körper mit dem Handtuch ab, tragen saubere Kleidung und Schuhe, tragen Schweizer Parfüm, importiertes Makeup aus Deutschland mit wirklich schönen Sonnenbrillen und Diademen. Völlig bereit gehen sie mit ihren Geldbörsen auf dem Streifen zur Tasse und begrüßen sich glücklich mit dem Wiedersehen zum Dank an den lieben Gott.

In Zusammenarbeit bereiten sie ein Frühstück des Neids zu: Couscous in Hühnersauce, Gemüse, Obst, Kaffeesahne und Cracker. Zu gleichen Teilen wird das Essen aufgeteilt. Sie wechseln Momente der Stille mit kurzen Wortwechseln ab, weil sie höflich waren. Beendetes Frühstück, es gibt kein Entkommen über das hinaus, was sie beabsichtigt haben.

"Was schlagen Sie vor, Belinha? Mir ist langweilig!

"Ich habe eine clevere Idee. Erinnern Sie sich an die Person, die wir auf dem Literaturfestival getroffen haben?

"Ich erinnere mich. Er war Schriftsteller, und sein Name war göttlich.

"Ich habe seine Nummer. Wie wäre es, wenn wir uns melden? Ich würde gerne wissen, wo er wohnt.

"Ich auch. Großartige Idee. Tu es. Ich werde es lieben.

"In Ordnung!

Belinha öffnete ihre Handtasche, nahm ihr Telefon und begann zu wählen. In wenigen Augenblicken beantwortet jemand die Leitung und das Gespräch beginnt.

"Hallo.

"Hallo, Göttliches. Alles klar?

"In Ordnung, Belinha. Wie geht es?

"Uns geht es gut. Schauen Sie, ist diese Einladung noch gültig? Meine Schwester und ich hätten gerne heute Abend eine besondere Show.

"Natürlich tue ich das. Sie werden es nicht bereuen. Hier haben wir Sägen, reichlich Natur, frische Luft jenseits großer Gesellschaft. Ich bin auch heute verfügbar.

"Wie wunderbar. Nun, warten Sie auf uns am Eingang des Dorfes. In den meisten 30 Minuten sind wir da.

"Es ist in Ordnung. Bis später!

"Bis später!

Der Anruf endet. Mit einem Grinsen kehrt Belinha zurück, um mit ihrer Schwester zu kommunizieren.

"Er hat ja gesagt. Sollen wir?

"Komm schon. Worauf warten wir noch?

Beide marschieren vom Becher zum Ausgang des Hauses und schließen die Tür hinter sich mit einem Schlüssel. Dann ziehen sie in die Garage. Sie fahren das offizielle Familienauto und lassen ihre Probleme hinter sich und warten auf neue Überraschungen und Emotionen auf dem wichtigsten Land der Welt. Durch die Stadt, mit einem lauten Geräusch, behielten ihre kleine Hoffnung für sich. Es war in diesem Moment alles wert, bis ich an die Chance dachte, für immer glücklich zu sein.

Mit kurzer Zeit nehmen sie die rechte Seite der Autobahn BR 232. Es beginnt also der Kurs des Kurses zu Leistung und Glück. Mit moderater Geschwindigkeit können sie die Berglandschaft am Ufer der Strecke genießen. Obwohl es eine bekannte Umgebung war, war jede Passage dort mehr als eine Neuheit. Es war ein wiederentdecktes Selbst.

Durch Orte, Bauernhöfe, Dörfer, blaue Wolken, Asche und Rosen, trockene Luft und heiße Temperatur gehen. In der programmierten Zeit kommen sie zum idyllischsten Eingang des brasilianischen Landesinneren. Mimoso der Obersten, der Hellseher, der Unbefleckten Empfängnis und Menschen mit hohen intellektuellen Fähigkeiten.

Als sie am Eingang des Viertels anhielten, erwarteten sie Ihren lieben Freund mit dem gleichen Lächeln wie immer. Ein gutes Zeichen für diejenigen, die auf der Suche nach Abenteuern waren. Als sie aus dem Auto steigen, gehen sie zu dem edlen Kollegen, der sie mit einer dreifachen Umarmung empfängt. Dieser Augenblick scheint nicht zu enden. Sie werden bereits wiederholt, sie beginnen, den ersten Eindruck zu verändern.

"Wie geht es dir, göttlicher? Fragte Belinha.

"Gut, wie geht es dir? Entspricht dem Hellseher.

"Großartig! (Belinha).

"Besser als je zuvor, ergänzte Amelinha.

"Ich habe eine großartige Idee. Wie wäre es, wenn wir den Berg Ororubá besteigen? Vor genau acht Jahren begann meine literarische Laufbahn.

"Was für eine Schönheit! Es wird eine Ehre sein! (Amelinha).

"Für mich auch! Ich liebe die Natur. (Belinha).

"Also, lass uns jetzt gehen. (Aldivan).

Die mysteriöse Freundin der beiden Schwestern ging auf die Straßen der Innenstadt. Wenn Sie rechts einen privaten Ort betreten und etwa hundert Meter gehen, werden sie in den Boden der Säge gelegt. Sie machen einen kurzen Stopp, damit sie sich ausruhen und hydratisieren können. Wie war es, nach all diesen Abenteuern den Berg zu besteigen? Das Gefühl war Frieden, Sammeln, Zweifel und Zögern. Es war, als wäre es das erste Mal mit all den Herausforderungen, die vom Schicksal belastet wurden. Plötzlich stehen Freunde dem großen Schriftsteller mit einem Lächeln gegenüber.

"Wie hat alles angefangen? Was bedeutet das für Sie? (Belinha).

"2009 drehte sich mein Leben um Monotonie. Was mich am Leben hielt, war der Wille, das, was ich in der Welt fühlte, zu externalisieren. Da hörte ich von diesem Berg und den Kräften seiner wunderbaren Höhle. Kein Ausweg, ich beschloss, ein Risiko für meinen Traum einzugehen. Ich packte meine Tasche, kletterte auf den Berg, führte drei Herausforderungen durch, von denen ich akkreditiert wurde, dass sie in die Grotte der Verzweiflung eintraten, die tödlichste und gefährlichste Grotte der Welt. Im Inneren habe ich große Herausforderungen übertroffen, indem ich schließlich in den Plenarsaal gekommen bin. In diesem Moment der Ekstase geschah das Wunder, ich wurde durch seine Visionen zum Hellseher, zu einem allwissenden Wesen. Bisher gab es zwanzig weitere Abenteuer und ich werde nicht so schnell aufhören. Dank der Leser erreiche ich allmählich mein Ziel, die Welt zu erobern.

"Spannend. Ich bin ein Fan von dir. (Amelinha).

"Berührend. Ich weiß, wie Sie sich fühlen müssen, wenn Sie diese Aufgabe noch einmal ausführen. (Belinha).

"Ausgezeichnet. Ich fühle eine Mischung aus guten Dingen wie Erfolg, Glaube, Klaue und Optimismus. Das gibt mir gute Energie, sagte der Hellseher.

"Gut. Welchen Rat geben Sie uns?

"Lasst uns unseren Fokus behalten. Sind Sie bereit, es selbst besser herauszufinden? (der Meister).

"Ja. Sie stimmten beidem zu.

"Dann folge mir.

Das Trio hat das Unternehmen wieder aufgenommen. Die Sonne wärmt sich, der Wind weht etwas stärker, die Vögel fliegen davon und singen, die Steine und Dornen scheinen sich zu bewegen, der Boden bebt und die Bergstimmen beginnen zu handeln. Dies ist die Umgebung, die sich beim Aufstieg der Säge präsentiert.

Mit viel Erfahrung hilft der Mann in der Höhle Frauen die ganze Zeit. Indem er so handelte, setzte er praktische Tugenden ein, die wichtig waren, wie Solidarität und Zusammenarbeit. Im Gegenzug verliehen sie ihm eine menschliche Wärme und ungleiche Hingabe. Wir könnten sagen, es war dieses unüberwindbare, unaufhaltsame, kompetente Trio.

Nach und nach gehen sie Schritt für Schritt die Stufen des Glücks hinauf. Trotz der beachtlichen Leistung bleiben sie unermüdlich auf ihrer Suche. In einer Fortsetzung verlangsamen sie das Tempo des Spaziergangs ein wenig, halten es aber stabil. Wie das Sprichwort sagt, geht langsam weit weg. Diese Gewissheit begleitet sie die ganze Zeit und schafft ein spirituelles Spektrum von Patienten, Vorsicht, Toleranz und Überwindung. Mit diesen Elementen hatten sie den Glauben, alle Widrigkeiten zu überwinden.

Der nächste Punkt, der heilige Stein, schließt ein Drittel des Kurses ab. Es gibt eine kurze Pause, und sie genießen es, zu beten, zu danken, nachzudenken und die nächsten Schritte zu planen. Im richtigen Maß versuchten sie, ihre Hoffnungen, ihre Ängste, ihren Schmerz, ihre Folter und ihren Kummer zu befriedigen. Weil sie Glauben haben, erfüllt ein unauslöschlicher Friede ihre Herzen.

Mit dem Neustart der Reise kehren die Unsicherheit, die Zweifel und die Stärke des Unerwarteten zum Handeln zurück. Obwohl es sie erschrecken konnte, trugen sie die Sicherheit, in der Gegenwart Gottes und des kleinen Sprosses des Landesinneren zu sein. Nichts oder irgendjemand könnte ihnen schaden, nur weil Gott es nicht zulassen würde. Sie erkannten diesen Schutz in jedem schwierigen Moment des Lebens, in dem andere sie einfach verließen. Gott ist effektiv unser einziger treuer Freund.

Außerdem sind sie der halbe Weg. Der Aufstieg bleibt mit mehr Hingabe und Melodie durchgeführt. Im Gegensatz zu dem, was normalerweise bei gewöhnlichen Kletterern passiert, hilft der Rhythmus der Motivation, des Willens und der Lieferung. Obwohl sie keine Athleten waren, war es bemerkenswert an ihrer Leistung, gesund und engagiert jung zu sein.

Nach drei Vierteln der Strecke erreicht die Erwartung ein unerträgliches Niveau. Wie lange müssten sie warten? In diesem Moment des Drucks war es das Beste, zu versuchen, den Schwung der Neugier zu kontrollieren. Alle Vorsicht war nun dem Handeln der gegnerischen Kräfte zu verdanken.

Mit etwas mehr Zeit beenden sie schließlich die Route. Die Sonne scheint heller, das Licht Gottes erleuchtet sie und kommt aus einer Spur, der Wächter und sein Sohn Renato. Alles wurde im Herzen dieser lieben Kleinen völlig neu geboren. Sie haben diese Gnade verdient, weil sie so hart gearbeitet haben. Der nächste Schritt des Hellsehers besteht darin, sich mit seinen Wohltätern eng zu umarmen. Seine Kollegen folgen ihm und machen die fünffache Umarmung.

"Schön, dich zu sehen, Sohn Gottes! Ich habe dich schon lange nicht mehr gesehen! Mein Mutterinstinkt warnte mich vor Ihrer Annäherung, sagte die Ahnendame.

"Ich bin froh! Es ist, als ob ich mich an mein erstes Abenteuer erinnere. Es gab so viele Emotionen. Der Berg, die Herausforderungen, die Höhle und die Zeitreise haben meine Geschichte geprägt. Hierher zurückzukehren bringt mir gute Erinnerungen. Jetzt bringe ich zwei freundliche Krieger mit. Sie brauchten diese Begegnung mit dem Heiligen.

"Wie heißen Sie, meine Damen? Fragte der Wächter des Berges.

"Mein Name ist Belinha und ich bin Wirtschaftsprüfer.

"Mein Name ist Amelinha und ich bin Lehrerin. Wir leben in Arcoverde.

"Willkommen, meine Damen. (Wächter des Berges).

"Wir sind dankbar! Sagten die beiden Besucher gleichzeitig mit Tränen in den Augen.

"Ich liebe auch neue Freundschaften. Wieder neben meinem Meister zu sein, bereitet mir eine besondere Freude an diesen Unaussprechlichen. Die einzigen, die das zu verstehen wissen, sind wir beide. Ist das nicht richtig, Partner? (Renato).

"Du änderst dich nie, Renato! Ihre Worte sind unbezahlbar. Bei all meinem Wahnsinn war es eines der guten Dinge meines Schicksals, ihn zu finden.

Mein Freund und mein Bruder antworteten dem Hellseher, ohne die Worte zu berechnen. Sie kamen natürlich heraus für das wahre Gefühl, das ihn nährte.

"Wir sind im gleichen Maße korrespondiert. Deshalb ist unsere Geschichte ein Erfolg, sagte der junge Mann.

"Wie schön, in dieser Geschichte zu sein. Ich hatte keine Ahnung, wie besonders der Berg in seiner Flugbahn war, lieber Schriftsteller, sagte Amelinha.

"Er ist wirklich bewundernswert, Schwester. Außerdem sind deine Freunde wirklich nett. Wir leben die wahre Fiktion und das ist das Wunderbarste, was es gibt. (Belinha).

"Wir freuen uns über das Kompliment. Sie müssen jedoch müde sein von der Anstrengung, die beim Klettern aufgewendet wird. Wie wäre es, wenn wir nach Hause gehen? Wir haben immer etwas zu bieten. (Madame).

"Wir haben die Gelegenheit genutzt, unsere Gespräche nachzuholen. Ich vermisse Renato so sehr.

"Ich finde es großartig. Was die Damen betrifft, was sagen Sie?

"Ich werde es lieben. (Belinha).

"Das werden wir!

"Dann lass uns gehen! Hat den Master abgeschlossen.

Das Quintett beginnt in der Reihenfolge zu wandeln, die diese fantastische Figur vorgibt. Sofort ein kalter Schlag durch die müden Skelette der Klasse. Wer war diese Frau und welche Kräfte hatte sie? Trotz so vieler gemeinsamer Momente blieb das Geheimnis wie eine Tür zu sieben Schlüsseln verschlossen. Sie würden es nie erfahren, weil es Teil des Berggeheimnisses war. Gleichzeitig blieben ihre Herzen im Nebel. Sie waren erschöpft davon, Liebe zu spenden und nicht wieder zu empfangen, zu vergeben und zu enttäuschen. Wie auch immer, entweder haben sie sich an die Realität des Lebens gewöhnt oder sie würden viel leiden. Sie brauchten daher einen Rat.

Schritt für Schritt werden sie die Hindernisse überwinden. Sofort hören sie einen beunruhigenden Schrei. Mit einem Blick beruhigt der Chef sie. Das war der Sinn der Hierarchie, während die Stärksten und Erfahrensten beschützten, kehrten die Diener mit Hingabe, Anbetung und Freundschaft zurück. Es war eine Einbahnstraße.

Leider werden sie die Wanderung mit großer und sanfter Atmosphäre bewältigen. Welche Idee war Belinha durch den Kopf gegangen? Sie waren mitten im Busch, von bösen Tieren überwältigt, die sie verletzen könnten. Ansonsten gab es Dornen und spitze Steine an ihren Füßen. Da jede Situation ihren Standpunkt hat, war es die einzige Chance, sich selbst und seine Wünsche zu verstehen, etwas Defizit im Leben der Besucher. Bald war es das Abenteuer wert.

Auf halbem Weg machen sie einen Halt. Ganz in der Nähe gab es einen Obstgarten. Sie sind auf dem Weg in den Himmel. In Anspielung auf die biblische Erzählung fühlten sie sich völlig frei und in die Natur integriert. Wie Kinder klettern sie auf Bäume, sie nehmen die Früchte, sie kommen herunter und essen sie. Dann meditieren sie. Sie lernten, sobald das Leben aus Momenten gemacht wird. Ob sie traurig oder glücklich sind, es ist gut, sie zu genießen, solange wir leben.

Im anschließenden Augenblick nehmen sie ein erfrischendes Bad im angeschlossenen See. Diese Tatsache weckt gute Erinnerungen an einst, an die bemerkenswertesten Erfahrungen in ihrem Leben. Wie schön war es, ein Kind zu sein! Wie schwer es war, erwachsen zu werden und sich dem Erwachsenenleben zu stellen. Lebe mit dem Falschen, der Lüge und der falschen Moral der Menschen.

Sie nähern sich dem Schicksal. Rechts unten auf dem Weg sieht man bereits die einfache Hütte. Das war das Heiligtum der wunderbarsten, geheimnisvollsten Menschen auf dem Berg. Sie waren wunderbar, was beweist, dass der Wert einer Person nicht in dem liegt, was sie besitzt. Der Adel der Seele liegt im Charakter, in der Nächstenliebe und in der beratenden Haltung. Das Sprichwort besagt also: Ein Freund auf dem Platz ist besser als Geld, das bei einer Bank deponiert wird.

Ein paar Schritte vorwärts halten sie vor dem Eingang der Kabine. Werden sie Antworten auf Ihre inneren Fragen bekommen? Nur die Zeit konnte diese und andere Fragen beantworten. Das Wichtige daran war, dass sie für alles da waren, was kam und ging.

Der Wächter übernimmt die Rolle der Gastgeberin, öffnet die Tür und gibt allen anderen Zugang zum Inneren des Hauses. Sie betreten die leere Kabine und beobachten alles weit. Sie sind beeindruckt von der Zartheit des Ortes, der durch die Ornamente, die Objekte, die Möbel und das Klima des Mysteriums repräsentiert wird. Widersprüchlich erweise gab es mehr Reichtum und kulturelle Vielfalt als in vielen Palästen. So können wir uns auch in bescheidenen Umgebungen glücklich und vollständig fühlen.

Einer nach dem anderen werden Sie sich an den verfügbaren Orten niederlassen, außer dass Renato in die Küche geht, um das Mittagessen zuzubereiten. Das anfängliche Klima der Schüchternheit ist gebrochen.

"Ich würde euch gerne besser kennenlernen, Mädels.

"Wir sind zwei Mädchen aus Arcoverde City. Wir sind beruflich glücklich, aber Verlierer in der Liebe. Seit ich von meinem alten Partner betrogen wurde, bin ich frustriert, gestand Belinha.

"Da haben wir beschlossen, uns wieder Männern anzuschließen. Wir haben einen Pakt geschlossen, um sie anzulocken und als Objekt zu benutzen. Wir werden nie wieder leiden, sagte Amelinha.

"Ich unterstütze sie mit ganzer Unterstützung. Ich traf sie in der Menge und jetzt ist ihre Gelegenheit gekommen, hier zu besuchen. (Sohn Gottes)

"Interessant. Dies ist eine natürliche Reaktion auf das Leiden von Enttäuschungen. Es ist jedoch nicht der beste Weg, um verfolgt zu werden. Eine ganze Spezies nach der Einstellung einer Person zu beurteilen, ist ein klarer Fehler. Jeder hat seine Individualität. Dieses heilige und schamlose Gesicht von dir kann mehr Konflikt und Freude erzeugen. Es liegt an Ihnen, den richtigen Punkt dieser Geschichte zu finden. Was ich tun kann, ist, wie Ihr Freund zu unterstützen und ein Beiwerk dieser Geschichte zu werden, die den heiligen Geist des Berges analysiert.

"Ich lasse es zu. Ich möchte mich in diesem Schrein wiederfinden. (Amelinha).

"Ich akzeptiere auch deine Freundschaft. Wer hätte gedacht, dass ich in einer fantastischen Seifenoper mitspielen würde? Der Mythos der Höhle und des Berges scheint jetzt so zu sein. Kann ich mir etwas wünschen? (Belinha).

"Natürlich, Liebes.

"Die Bergwesen können die Bitten der bescheidenen Träumer hören, wie es mir passiert ist. Habt Glauben! (der Sohn Gottes).

"Ich bin so ungläubig. Aber wenn du das sagst, werde ich es versuchen. Ich bitte um einen erfolgreichen Abschluss für uns alle. Lasst jeden von euch in den Hauptbereichen des Lebens wahr werden.

"Ich gebe es zu! Donnert eine tiefe Stimme in der Mitte des Raumes.

Beide Huren haben einen Sprung zu Boden geschafft. Währenddessen lachten und weinten die anderen über die Reaktion der beiden. Diese Tatsache war eher eine Schicksalshandlung gewesen. Was für eine Überraschung. Es gab niemanden, der hätte vorhersagen können, was auf dem Gipfel des Berges geschah. Da ein berühmter Indianer am Tatort gestorben war, hatte die Empfindung der Realität Raum gelassen für das Übernatürliche, das Geheimnisvolle und das Ungewöhnliche.

"Was zum Teufel war das für ein Donner? Ich zittere so weit, gestand Amelinha.

"Ich hörte, was die Stimme sagte. Sie bestätigte meinen Wunsch. Träume ich? Fragte Belinha.

"Wunder geschehen! Mit der Zeit wirst du genau wissen, was es bedeutet, dies zu sagen, sagte der Meister.

"Ich glaube an den Berg, und du musst auch daran glauben. Durch ihr Wunder bleibe ich hier überzeugt und sicher von meinen Entscheidungen. Wenn wir einmal scheitern, können wir von vorne anfangen. Es gibt immer Hoffnung für die Lebenden " versicherte der Schamane des Hellsehers, der ein Signal auf dem Dach zeigt.

"Ein Licht. Was bedeutet das? (Belinha).

"Es ist so schön und hell. (Amelinha).

"Es ist das Licht unserer ewigen Freundschaft. Obwohl sie physisch verschwindet, wird sie in unseren Herzen intakt bleiben. (Wächter

"Wir sind alle Licht, wenn auch auf vornehme Weise. Unser Schicksal ist Glück. (Der Hellseher).

Hier kommt Renato ins Spiel und macht einen Vorschlag.

"Es ist Zeit, dass wir rausgehen und ein paar Freunde finden. Zeit für Spaß ist gekommen.

"Ich freue mich darauf. (Belinha)

"Worauf warten wir noch? Es ist an der Zeit. (SCHREIT)

Das Quartett geht hinaus in den Wald. Das Tempo der Schritte ist schnell, was eine innere Angst der Charaktere offenbart. Die ländliche Umgebung von Mimoso trug zu einem Naturschauspiel bei. Vor welchen Herausforderungen stehen Sie? Wären die wilden Tiere gefährlich? Die Bergmythen konnten jederzeit angreifen, was ziemlich gefährlich war. Aber Mut war eine Eigenschaft, die jeder dort in sich trug. Nichts wird ihr Glück aufhalten.

Die Zeit ist gekommen. Im Asset-Team gab es einen schwarzen Mann, Renato, und eine blonde Person. Im passiven Team waren göttlich, Belinha und Amelinha. Wenn das Team gebildet ist, beginnt der Spaß unter dem grauen Grün aus den ländlichen Wäldern.

Der Schwarze datiert Göttliches. Renato datiert Amelinha und der blonde Mann datiert Belinha. beginnt beim Energieaustausch zwischen den sechs. Sie waren alle für alle für einen. Der Durst nach Sex und Vergnügen war allen gemeinsam. Wenn man die Positionen wechselt, erlebt jeder einzigartige Empfindungen. Sie versuchen Analsex, vaginalen Sex, Oralsex, Gruppensex unter anderen Sexuelle Modalitäten. Das beweist, dass Liebe keine Sünde ist. Es ist ein Handel mit grundlegender Energie für die menschliche Evolution. Ohne Schuldgefühle tauschen sie schnell den Partner aus, der für multiple Orgasmen sorgt. Es ist eine Mischung aus Ekstase, die die Gruppe betrifft. Sie verbringen Stunden mit Sex, bis sie müde sind.

Nachdem alles erledigt ist, kehren sie in ihre Ausgangspositionen zurück. Auf dem Berg gab es noch viel zu entdecken.

– TOUR IN DER STADT PESQUEIRA

Montagmorgen schöner denn je. Früh am Morgen haben unsere Freunde das Vergnügen, die Hitze der Sonne und die Brise in ihren Gesichtern zu spüren. Diese Kontraste verursachten im physischen Aspekt desselben ein gutes Gefühl von Freiheit, Zufriedenheit, Zufriedenheit und Freude. Sie waren bereit, sich einem neuen Tag zu stellen.

Auf den zweiten Blick konzentrieren sie ihre Kräfte, die in ihrem Heben gipfeln. Der nächste Schritt ist, in die Suiten zu gehen und es mit extremer Landstreicherei zu tun, als ob sie aus dem Bundesstaat Bahia kämen. Natürlich nicht, um unsere lieben Nachbarn zu verletzen. Das Land aller Heiligen ist ein spektakulärer Ort voller Kultur, Geschichte und weltlicher Traditionen. Es lebe Bahia!

Im Badezimmer ziehen sie sich aus, weil sie das seltsame Gefühl haben, nicht allein zu sein. Wer hat schon einmal von der Legende vom blonden Badezimmer gehört? Nach einem Horrorfilm-Marathon war es normal, damit Ärger zu bekommen. Im nächsten Moment nicken sie mit dem Kopf und versuchen, leiser zu sein. Plötzlich kommt jedem von ihnen ihr politischer Weg, ihre bürgerliche Seite, ihre berufliche, religiöse Seite und ihr sexueller Aspekt in den Sinn. Sie fühlen sich gut dabei, unvollkommene Geräte zu sein. Sie waren sich sicher, dass Qualitäten und Mängel zu ihrer Persönlichkeit beitrugen.

Sie schließen sich im Badezimmer ein. Durch das Öffnen der Dusche lassen sie das heiße Wasser aufgrund der Hitze der Nacht zuvor durch die verschwitzten Körper fließen. Flüssigkeit dient als Katalysator, der alle traurigen Dinge absorbiert. Das ist genau das, was sie jetzt brauchten: Vergessen

Sie den Schmerz, das Trauma, die Enttäuschungen, die Unruhe, die versucht, neue Erwartungen zu finden. Das laufende Jahr sei dabei entscheidend gewesen. Eine fantastische Wendung in jedem Aspekt des Lebens.

Der Reinigungsprozess wird mit der Verwendung von Körperwischer, Seife, Shampoo jenseits von Wasser eingeleitet. Derzeit fühlen sie eine der besten Freuden, die sie zwingt, sich an den Pass am Riff und die Abenteuer am Strand zu erinnern. Intuitiv bittet ihr wilder Geist um mehr Abenteuer in dem, was sie bleiben, um es so schnell wie möglich zu analysieren. Die Situation, die durch die Freizeit begünstigt wird, wird bei der Arbeit von beiden als Preis für das Engagement für den öffentlichen Dienst erreicht.

Für etwa 20 Minuten legen sie ihre Ziele ein wenig beiseite, um einen reflektierenden Moment in ihrer jeweiligen Intimität zu leben. Am Ende dieser Aktivität kommen sie aus der Toilette, wischen den nassen Körper mit dem Handtuch ab, tragen saubere Kleidung und Schuhe, tragen Schweizer Parfüm, importiertes Bilden aus Deutschland mit wirklich schönen Sonnenbrillen und Diademen. Völlig bereit gehen sie mit ihren Geldbörsen auf dem Streifen zur Tasse und begrüßen sich glücklich mit dem Wiedersehen zum Dank an den lieben Gott.

In Zusammenarbeit bereiten sie ein Frühstück aus Neid, Hühnersauce, Gemüse, Obst, Kaffeecreme und Crackern zu. Zu gleichen Teilen wird das Essen aufgeteilt. Sie wechseln Momente der Stille mit kurzen Wortwechseln ab, weil sie höflich waren. Nach dem Frühstück gibt es kein Entkommen mehr, als sie beabsichtigt hatten.

"Was schlagen Sie vor, Belinha? Mir ist langweilig!

"Ich habe eine clevere Idee. Erinnerst du dich an den Typen, den wir in der Menge gefunden haben?

"Ich erinnere mich. Er war Schriftsteller, und sein Name war göttlich.

"Ich habe seine Telefonnummer. Wie wäre es, wenn wir uns melden? Ich würde gerne wissen, wo er wohnt.

"Ich auch. Großartige Idee. Tu es. Ich würde gerne.

"In Ordnung!

Belinha öffnete ihre Handtasche, nahm ihr Telefon und begann zu wählen. In wenigen Augenblicken beantwortet jemand die Leitung und das Gespräch beginnt.

"Hallo.

"Hallo, göttlich, wie geht es dir?

"In Ordnung, Belinha. Wie geht es?

"Uns geht es gut. Schauen Sie, ist diese Einladung noch gültig? Meine Schwester und ich hätten gerne heute Abend eine besondere Show.

"Natürlich tue ich das. Sie werden es nicht bereuen. Hier haben wir Sägen, reichlich Natur, frische Luft jenseits großer Gesellschaft. Ich bin auch heute verfügbar.

"Wie wunderbar! Dann warten Sie am Eingang des Dorfes auf uns. In den meisten 30 Minuten sind wir da.

"In Ordnung! Also, bis dahin!

"Bis später!

Der Anruf endet. Mit einem Grinsen kehrt Belinha zurück, um mit ihrer Schwester zu kommunizieren.

"Er hat ja gesagt. Sollen wir gehen?

"Komm schon! Worauf warten wir noch?

Beide marschieren vom Becher zum Ausgang des Hauses und schließen die Tür hinter sich mit einem Schlüssel. Dann gehen Sie in die Garage. Sie steuern das offizielle Familienauto, lassen ihre Probleme hinter sich und warten auf neue Überraschungen und Emotionen auf dem wichtigsten Land der Welt. Durch die Stadt, mit einem lauten Geräusch, behielten ihre kleine Hoffnung für sich. Es war in diesem Moment alles wert, bis ich an die Chance dachte, für immer glücklich zu sein.

Mit kurzer Zeit nehmen sie die rechte Seite der Autobahn BR 232. Beginnen Sie also den Kurs des Kurses zu Leistung und Glück. Mit moderater Geschwindigkeit können sie die Berglandschaft am Ufer der Strecke genießen. Obwohl es eine bekannte Umgebung war, war jede Passage dort mehr als eine Neuheit. Es war ein wiederentdecktes Selbst.

Durch Orte, Bauernhöfe, Dörfer, blaue Wolken, Asche und Rosen, trockene Luft und heiße Temperatur gehen. In der programmierten Zeit kommen sie zum idyllischsten Eingang des Inneren des Staates Pernambuco. Mimoso der Obersten, der Hellseher, der Unbefleckten Empfängnis und Menschen mit hohen intellektuellen Fähigkeiten.

Als Sie am Eingang des Viertels anhielten, erwarteten Sie Ihren lieben Freund mit dem gleichen Lächeln wie immer. Ein gutes Zeichen für diejenigen, die auf der Suche nach Abenteuern waren. Steigen Sie aus dem Auto, gehen Sie zu dem edlen Kollegen, der sie mit einer Umarmung empfängt, die dreifach wird. Dieser Augenblick scheint nicht zu enden. Sie werden bereits wiederholt, sie beginnen, den ersten Eindruck zu verändern.

"Wie geht es dir, göttlicher? (Belinha)

"Nun, was ist mit dir? (Der Hellseher)

"Großartig! (Belinha)

"Besser als je zuvor" (Amelinha)

"Ich habe eine tolle Idee, wie wäre es, wenn wir den Ororubá-Berg besteigen? Vor genau acht Jahren begann meine literarische Laufbahn.

"Was für eine Schönheit! Es wird eine Ehre sein! (Amelinha)

"Für mich auch! Ich liebe die Natur! (Belinha)

"Also, lass uns jetzt gehen! (Aldivan)

Der mysteriöse Freund der beiden Schwestern unterschrieb, ihm zu folgen, rückte auf den Straßen der Innenstadt vor. Wenn Sie rechts einen privaten Ort betreten und etwa hundert Meter gehen, werden sie in den Boden der Säge gelegt. Sie machen einen kurzen Stopp, um sich auszuruhen und zu hydratisieren. Wie war es, nach all diesen Abenteuern den Berg zu besteigen? Das Gefühl war Frieden, Sammeln, Zweifel und Zögern. Es war, als wäre es das erste Mal mit all den Herausforderungen, die vom Schicksal belastet wurden. Plötzlich stehen Freunde dem großen Schriftsteller mit einem Lächeln gegenüber.

"Wie hat alles angefangen? Was bedeutet das für Sie? (Belinha)

"2009 drehte sich mein Leben um Monotonie. Was mich am Leben hielt, war der Wille, das, was ich in der Welt fühlte, zu externalisieren. Da hörte ich von diesem Berg und den Kräften seiner wunderbaren Höhle. Kein Ausweg, ich beschloss, ein Risiko für meinen Traum einzugehen. Ich packte meine Tasche, kletterte den Berg hinauf, führte drei Herausforderungen durch, die ich in die Grotte der Verzweiflung betrat, die tödlichste und gefährlichste Grotte der Welt. Im Inneren habe ich große Herausforderungen übertroffen, indem ich schließlich in den Plenarsaal gekommen bin. In diesem Moment der Ekstase geschah das Wunder, ich wurde durch seine Visionen zum Hellseher, zu einem allwissenden Wesen. Bisher gab es zwanzig weitere Abenteuer und ich habe nicht vor, so schnell aufzuhören. Mit Hilfe der Leser bekomme ich nach und nach mein Ziel, die Welt zu erobern. (der Sohn Gottes)

"Spannend! Ich bin ein Fan von dir. (Amelinha)

"Ich weiß, wie du dich fühlen musst, wenn du diese Aufgabe noch einmal ausführst. (Belinha)

"Sehr gut! Ich fühle eine Mischung aus guten Dingen wie Erfolg, Glaube, Klaue und Optimismus. Das gibt mir gute Energie. (Der Hellseher)

"Gut! Welchen Rat geben Sie uns? (Belinha)

"Lasst uns unseren Fokus behalten. Sind Sie bereit, es selbst besser herauszufinden? (der Meister)

"Ja! Sie stimmten beidem zu.

"Dann folge mir!

Das Trio hat das Unternehmen wieder aufgenommen. Die Sonne wärmt sich, der Wind weht etwas stärker, die Vögel fliegen davon und singen, die Steine und Dornen scheinen sich zu bewegen, der Boden bebt und die Bergstimmen beginnen zu handeln. Dies ist die Umgebung, die sich beim Aufstieg der Säge präsentiert.

Mit viel Erfahrung hilft der Mann in der Höhle Frauen die ganze Zeit. Indem er so handelte, setzte er praktische Tugenden ein, die wichtig waren, wie Solidarität und Zusammenarbeit. Im Gegenzug verliehen sie ihm eine menschliche Wärme und unerschöpfliche Hingabe. Wir könnten sagen, es war dieses unüberwindbare, unaufhaltsame, kompetente Trio.

Nach und nach gehen sie Schritt für Schritt die Stufen des Glücks hinauf. Mit Hingabe und Beharrlichkeit überholen sie den höheren Baum, absolvieren ein Viertel des Weges. Trotz der beachtlichen Leistung bleiben sie unermüdlich auf ihrer Suche. Sie waren, weil Glückwünsche.

Verlangsamen Sie in einer Fortsetzung das Tempo des Spaziergangs ein wenig, aber halten Sie es stabil. Wie das Sprichwort sagt, geht langsam weit weg. Diese Gewissheit begleitet sie die ganze Zeit und schafft ein spirituelles Spektrum von Geduld, Vorsicht, Toleranz und Überwindung. Mit diesen Elementen hatten sie den Glauben, alle Widrigkeiten zu überwinden.

Der nächste Punkt, der heilige Stein, schließt ein Drittel des Kurses ab. Es gibt eine kurze Pause, und sie genießen es, zu beten, zu danken, nachzudenken und die nächsten Schritte zu planen. Im richtigen Maß versuchten sie, ihre Hoffnungen, ihre Ängste, ihren Schmerz, ihre Folter und ihren Kummer zu befriedigen. Weil sie Glauben haben, erfüllt ein unauslöschlicher Friede ihre Herzen.

Mit dem Neustart der Reise kehren die Unsicherheit, die Zweifel und die Stärke des Unerwarteten zum Handeln zurück. Obwohl es sie erschrecken konnte, trugen sie die

Sicherheit, in der Gegenwart von Gott Spross aus dem Inneren zu sein. Nichts oder irgendjemand könnte ihnen schaden, nur weil Gott es nicht zulassen würde. Sie erkannten diesen Schutz in jedem schwierigen Moment des Lebens, in dem andere sie einfach verließen. Gott ist effektiv unser einziger wahrer und loyaler Freund.

Außerdem sind sie der halbe Weg. Der Aufstieg bleibt mit mehr Hingabe und Melodie durchgeführt. Im Gegensatz zu dem, was normalerweise bei gewöhnlichen Kletterern passiert, hilft der Rhythmus der Motivation, des Willens und der Lieferung. Obwohl sie keine Sportler waren, war es bemerkenswert, dass sie jung gesund und engagiert waren.

Ab dem dritten Quartal erreicht die Erwartung ein unerträgliches Niveau. Wie lange müssten sie warten? In diesem Moment des Drucks war es das Beste, zu versuchen, den Schwung der Neugier zu kontrollieren. Alle Vorsicht war nun dem Handeln der gegnerischen Kräfte zu verdanken.

Mit etwas mehr Zeit beenden sie schließlich den Kurs. Die Sonne scheint heller, das Licht Gottes erleuchtet sie und kommt aus einer Spur, der Wächter und sein Sohn Renato. Alles wurde im Herzen dieser lieben Kleinen völlig neu geboren. Sie haben sich diese Gnade durch das Kulturpflanzengesetz verdient. Der nächste Schritt des Hellsehers besteht darin, sich mit seinen Wohltätern eng zu umarmen. Seine Kollegen folgen ihm und machen die fünffache Umarmung.

"Schön, dich zu sehen, Sohn Gottes! Lange Zeit nicht gesehen! Mein Mutterinstinkt warnte mich vor Ihrer Annäherung, der Ahnendame.

Ich bin froh! Es ist, als ob ich mich an mein erstes Abenteuer erinnere. Es gab so viele Emotionen. Der Berg, die Herausforderungen, die Höhle und die Zeitreise haben meine Geschichte geprägt. Hierher zurückzukehren bringt mir gute Erinnerungen. Jetzt bringe ich zwei freundliche Krieger mit. Sie brauchten diese Begegnung mit dem Heiligen.

"Wie heißen Sie, meine Damen? (der Hüter)

"Mein Name ist Belinha und ich bin Wirtschaftsprüferin.

"Mein Name ist Amelinha und ich bin Lehrerin. Wir leben in Arcoverde.

"Willkommen, meine Damen. (Der Hüter)

"Wir sind dankbar! sagten die beiden Besucher gleichzeitig mit Tränen in den Augen.

"Ich liebe auch neue Freundschaften. Wieder neben meinem Meister zu sein, bereitet mir eine besondere Freude an diesen Unaussprechlichen. Nur Menschen, die das zu verstehen wissen, sind wir beide. Ist das nicht richtig, Partner? (Renato)

"Du änderst dich nie, Renato! Ihre Worte sind unbezahlbar. Bei all meinem Wahnsinn war es eines der guten Dinge meines Schicksals, ihn zu finden. Mein Freund und mein Bruder. (Der Hellseher).

Sie kamen natürlich heraus für das wahre Gefühl, das ihn nährte.

"Wir sind in gleichem Maße aufeinander abgestimmt. Deshalb ist unsere Geschichte ein Erfolg", sagte der junge Mann.

"Es ist gut, Teil dieser Geschichte zu sein. Ich wusste nicht einmal, wie besonders der Berg in seiner Flugbahn war, lieber Schriftsteller ", sagte Amelinha.

"Er ist wirklich bewundernswert, Schwester. Außerdem sind deine Freunde sehr freundlich. Wir leben echte Fiktion und das ist das Wunderbarste, was es gibt. (Belinha)

"Wir danken Ihnen für das Kompliment. Trotzdem müssen sie der Anstrengung beim Klettern überdrüssig sein. Wie wäre es, wenn wir nach Hause gehen? Wir haben immer etwas zu bieten. (Madame)

"Wir haben die Gelegenheit genutzt, um Gespräche nachzuholen. Ich vermisse dich sehr", gestand Renato.

"Das ist in Ordnung für mich. Es ist großartig, was die Damen betrifft, was sagen sie zu mir?

"Ich werde es lieben!" Belinha behauptete.

"Ja, lass uns gehen", stimmte Amelinha zu.

"Also, lass uns gehen!" Der Meister schloss ab.

Das Quintett beginnt in der Reihenfolge zu gehen, die von dieser fantastischen Figur vorgegeben wird. Gerade jetzt ein kalter Schlag durch die müden Skelette der Klasse. Wer war diese Frau, wer war sie, die Kräfte hatte? Trotz so vieler gemeinsamer Momente blieb das Geheimnis wie eine Tür zu sieben Schlüsseln verschlossen. Sie würden es nie erfahren, weil es Teil des Berggeheimnisses war. Gleichzeitig blieben ihre Herzen im Nebel. Sie waren erschöpft davon, Liebe zu spenden und nicht wieder zu empfangen, zu vergeben und zu enttäuschen. Wie auch immer, entweder haben sie sich an die Realität des Lebens gewöhnt oder sie würden viel leiden. Sie brauchten daher einen Rat.

Schritt für Schritt werden Sie die Hindernisse überwinden. In einem Moment hören sie einen beunruhigenden Schrei. Mit einem Blick beruhigt der Chef sie. Das war der

Sinn der Hierarchie, während die stärksten und erfahreneren beschützten, kehrten die Diener mit Hingabe, Anbetung und Freundschaft zurück. Es war eine Einbahnstraße.

Leider werden sie die Wanderung mit großer und sanfter Atmosphäre bewältigen. Was war die Idee, die Belinha durch den Kopf gegangen war? Sie waren mitten im Busch, von bösen Tieren überwältigt, die sie verletzen könnten. Ansonsten gab es Dornen und spitze Steine an ihren Füßen. Da jede Situation ihren Standpunkt hat, war es die einzige Chance, sich selbst und seine Wünsche zu verstehen, etwas Defizit im Leben der Besucher. Bald war es das Abenteuer wert.

Auf halbem Weg machen sie einen Halt. Ganz in der Nähe gab es einen Obstgarten. Sie sind auf dem Weg in den Himmel. In Anspielung auf die biblische Erzählung fühlten sie sich komplementär frei und in die Natur integriert. Wie Kinder klettern sie auf Bäume, sie nehmen die Früchte, sie kommen herunter und essen sie. Dann meditieren sie. Sie lernten, sobald das Leben aus Momenten gemacht wird. Ob sie traurig oder glücklich sind, es ist gut, sie zu genießen, solange wir leben.

Im anschließenden Augenblick nehmen sie ein erfrischendes Bad im angeschlossenen See. Diese Tatsache weckt gute Erinnerungen an einst, an die bemerkenswertesten Erfahrungen in ihrem Leben. Wie schön war es, ein Kind zu sein! Wie schwer es war, erwachsen zu werden und sich dem Erwachsenenleben zu stellen. Lebe mit dem Falschen, der Lüge und der falschen Moral der Menschen.

Sie nähern sich dem Schicksal. Rechts unten auf dem Weg sieht man bereits die einfache Hütte. Das war das Heiligtum der wunderbarsten, geheimnisvollsten Menschen auf dem Berg. Sie waren erstaunlich, was beweist, dass der Wert einer Person nicht in dem liegt, was sie besitzt. Der Adel der Seele liegt im Charakter, in der Haltung der Wohltätigkeitsorganisationen und der Seelsorge. Deshalb sagen sie das folgende Sprichwort, besser ein Freund auf dem Platz ist wert als Geld, das in einer Bank hinterlegt ist.

Ein paar Schritte vorwärts halten sie vor dem Eingang der Kabine. Haben sie Antworten auf ihre inneren Fragen bekommen? Nur die Zeit konnte diese und andere Fragen beantworten. Das Wichtige daran war, dass sie für alles da waren, was kam und ging.

Der Wächter übernimmt die Rolle der Gastgeberin und öffnet die Tür und gibt allen anderen Zugang zum Inneren des Hauses. Sie betreten die einzigartige eitle Kabine, indem sie alles im großen Gerät beobachten. Sie sind beeindruckt von der Zartheit des Ortes, der durch die Ornamente, die Objekte, die Möbel und das Klima des Mysteriums repräsentiert wird. Widersprüchlich erweise gab es an diesem Ort mehr Reichtum und kulturelle Vielfalt als in vielen Palästen. So können wir uns auch in bescheidenen Umgebungen glücklich und vollständig fühlen.

Einer nach dem anderen werden Sie sich an den verfügbaren Standorten niederlassen, mit Ausnahme von Renato Küche, und das Mittagessen zubereiten. Das anfängliche Klima der Schüchternheit ist gebrochen.

"Ich würde euch gerne besser kennenlernen, Mädels. (Der Wächter)

"Wir sind zwei Mädchen aus Arcoverde City. Beide ließen sich im Beruf nieder, aber Verlierer in der Liebe. Seit ich von meinem alten Partner betrogen wurde, bin ich frustriert, gestand Belinha.

"Da haben wir beschlossen, uns wieder Männern anzuschließen. Wir haben einen Pakt geschlossen, um sie anzulocken und als Objekt zu benutzen. Wir werden nie wieder leiden. (Amelinha)

"Ich werde sie alle unterstützen. Ich traf sie in der Menge und jetzt kamen sie uns hier besuchen, und es zwang den Spross aus dem Inneren.

"Interessant. Dies ist eine natürliche Reaktion auf die leidenden Enttäuschungen. Es ist jedoch nicht der beste Weg, um verfolgt zu werden. Eine ganze Spezies nach der Einstellung einer Person zu beurteilen, ist ein klarer Fehler. Jeder hat seine eigene Individualität. Dieses heilige und schamlose Gesicht von dir kann mehr Konflikt und Freude erzeugen. Es liegt an Ihnen, den richtigen Punkt dieser Geschichte zu finden. Was ich tun kann, ist, wie Ihr Freund zu unterstützen und ein Beiwerk dieser Geschichte zu werden, die den heiligen Geist des Berges analysiert.

"Ich lasse es zu. Ich möchte mich in diesem Schrein wiederfinden. (Amelinha)

"Ich akzeptiere auch deine Freundschaft. Wer hätte gedacht, dass ich in einer fantastischen Seifenoper mitspielen würde? Der Mythos der Höhle und des Berges scheint jetzt so zu sein. Kann ich mir etwas wünschen? (Belinha)

"Natürlich, Liebes.

"Die Bergwesen können die Bitten der bescheidenen Träumer hören, wie es mir passiert ist. Habt Glauben! hat den Sohn Gottes motiviert.

"Ich bin so ungläubig. Aber wenn du das sagst, werde ich es versuchen. Ich bitte um einen erfolgreichen Abschluss für uns alle. Lasst jeden von euch in den Hauptbereichen des Lebens wahr werden. (Belinha)

"Ich gewähre es!" Donner eine tiefe Stimme in der Mitte des Raumes".

Beide Huren haben einen Sprung zu Boden geschafft. Währenddessen lachten und weinten die anderen über die Reaktion der beiden. Diese Tatsache war eher eine Schicksalshandlung gewesen. Was für eine Überraschung! Es gab niemanden, der hätte vorhersagen können, was auf dem Gipfel des Berges geschah. Da ein berühmter Indianer am Tatort gestorben war, hatte die Empfindung der Realität Raum gelassen für das Übernatürliche, das Geheimnisvolle und das Ungewöhnliche.

"Was zum Teufel war das für ein Donner? Ich zittere so weit. (Amelinha)

"Ich hörte, was die Stimme sagte. Sie bestätigte meinen Wunsch. Träume ich? (Belinha)

"Wunder geschehen! Mit der Zeit werden Sie genau wissen, was es bedeutet, dies zu sagen. "Erhalte den Meister".

"Ich glaube an den Berg, und du musst auch glauben. Durch ihr Wunder bleibe ich hier überzeugt und sicher von meinen Entscheidungen. Wenn wir einmal scheitern, können wir von vorne anfangen. Es gibt immer Hoffnung für die

Lebenden. "Versicherte dem Schamanen des Hellsehers, der ein Signal auf dem Dach zeigte".

"Ein Licht. Was bedeutet das? in Tränen, Belinha.

"Sie ist so schön, aufgeweckt und gesprochen. (Amelinha)

"Es ist das Licht unserer ewigen Freundschaft. Obwohl sie physisch verschwindet, wird sie in unseren Herzen intakt bleiben. (Wächter)

"Wir sind alle leicht, wenn auch auf vornehme Weise. Unser Schicksal ist Glück " bestätigt der Hellseher.

Hier kommt Renato ins Spiel und macht einen Vorschlag.

"Es ist Zeit, dass wir rausgehen und ein paar Freunde finden. Zeit für Spaß ist gekommen.

"Ich freue mich darauf. (Belinha)

"Worauf warten wir noch? Es ist an der Zeit. (Amelinha)

Das Quartett geht hinaus in den Wald. Das Tempo der Schritte ist schnell, was eine innere Angst der Charaktere offenbart. Die ländliche Umgebung von Mimoso trug zu einem Naturschauspiel bei. Vor welchen Herausforderungen stehen Sie? Wären die wilden Tiere gefährlich? Die Bergmythen konnten jederzeit angreifen, was ziemlich gefährlich war. Aber Mut war eine Eigenschaft, die jeder dort in sich trug. Nichts würde ihr Glück aufhalten.

Die Zeit ist gekommen. Im Asset-Team gab es einen schwarzen Mann, Renato, und eine blonde Person. Im passiven Team waren göttlich, Belinha und Amelinha. Das Team formierte sich; Der Spaß beginnt im grauen Grün der ländlichen Wälder.

Schwarzer Typ datiert göttlich. Renato datiert Amelinha und die Blondine mit Belinha. beginnt beim Energieaustausch zwischen den sechs. Sie waren alle für alle für einen. Der Durst nach Sex und Vergnügen war allen gemeinsam. Variierende Positionen, jede erlebt einzigartige Empfindungen. Sie versuchen Analsex, vaginalen Sex, Oralsex, Gruppensex unter anderen Sexuelle Modalitäten. Das beweist, dass Liebe keine Sünde ist. Es ist ein Handel mit grundlegender Energie für die menschliche Evolution. Ohne Schuldgefühle tauschen sie schnell den Partner aus, was für multiple Orgasmen sorgt. Es ist eine Mischung aus Ekstase, die die Gruppe betrifft. Sie verbringen Stunden mit Sex, bis sie müde sind.

Nachdem alles erledigt ist, kehren sie in ihre Ausgangspositionen zurück. Auf dem Berg gab es noch viel zu entdecken.

Beenden

www.ingramcontent.com/pod-product-compliance
Lightning Source LLC
LaVergne TN
LVHW012127070526
838202LV00056B/5895